LOUIS HÉMON

Battling Malone

PUGILISTE

roman

BERNARD GRASSET

13ᵉ Édition

BATTLING MALONE

PUGILISTE

LOUIS HÉMON

BATTLING MALONE

PUGILISTE

PARIS

BERNARD GRASSET

61, RUE DES SAINTS-PÈRES

1925

PRÉFACE

———

Louis Hémon écrivit Battling Malone *à Londres, avant* 1911*, au temps où Carpentier remportait ses premières victoires ; il est impossible de préciser davantage. Louis Hémon est le plus insaisissable des êtres. Quelques manuscrits, dont les siens étaient dépositaires, avec défense de les lire, c'est tout ce qu'il nous a laissé. D'ailleurs pas un ami, pas une lettre ; pas une confidence, pas une anecdote ; une vie constamment dérobée, une suite de disparitions.*

Disparitions de l'adolescent, dont les joies sont les marches, les lectures, les pleine-eaux solitaires ; marcheur qu'aucune route ne fatigue, nageur qu'aucune houle n'effraye, et qui aime la mer jusqu'à risquer de se perdre en elle.

Disparitions du jeune homme, rebelle aux examens, aux attaches professionnelles, qui vit de rien pour vivre à sa guise, toujours contemplant, cherchant. A vingt ans, ce rêveur, grand lettré, découvre le monde confus des athlètes, des boxeurs, et le premier journal où il porte sa copie, c'est le Vélo. A l'âge des cénacles et des petites revues, il fait là son noviciat. Avait-il une ambition littéraire ? Une préoccupation littéraire profonde, c'est certain ; mais une ambition, il n'y en a aucun signe; il lui suffisait d'observer, d'explorer, d'écrire son impatience de gloire, et de participer aux prouesses, aux vertiges de la route et du stade. Nous aurons à faire connaître ces pages qu'il écrivit alors : un enfant merveilleusement doué y commence, sans effort, sans recherche consciente, ce que nous appelons aujourd'hui, d'une expression un peu pénible, la « littérature sportive ». Mais pourquoi ne citerions-nous pas, ici-même l'une d'elles ? Voici un conte, intitulé, Jérôme ; Louis Hémon y traduit toute entière son exaltation physique et son âme vagabonde.

Si quelqu'un se souvient l'avoir lu, dans un
un lointain Vélo (26 octobre 1904), *il ne*
regrettera pas de le relire. Voici :

JÉROME

C'était un grand chien de berger — race de Brie —
dont le poil rude et souillé de boue, s'étageait en touffes
emmêlées. Son collier ne comportait qu'une étroite
courroie, pelée et racornie par la pluie, et une plaque
de zinc sur laquelle un graveur malhabile avait tracé,
à la pointe du couteau, les six lettres qui constituaient
son nom. Les côtes saillaient sous la peau, il portait
sur l'épaule gauche une large plaie à peine cicatrisée
et ses jambes aux forts tendons tremblaient de fatigue ;
mais ses yeux jaunes disaient une parfaite sérénité.
Des semaines de vagabondage sur les grand'routes lui
avaient évidemment enseigné l'impression que peut
produire sur une humanité hostile, l'exhibition soudaine
de deux rangées de crocs aigus.

Comment il avait en traversant la ville, échappé à
l'attention sévère de la police municipale, restera un
mystère. Il avait évité toutes les embûches, éludé tous
les contrôles, et, assis sur ses hanches au milieu de la
cour d'honneur de la Préfecture, il attendait.

M. le Préfet venait de quitter les bureaux et le
personnel, le chapeau sur la tête, se préparait à en
faire autant. C'est ainsi que Jérôme fut aperçu simul-
tanément par le Chef de Cabinet et le Secrétaire particulier, qui se trouvaient dans une salle du rez-de-

chaussée, et par un groupe de commis qui sortaient. Le Chef du Cabinet, à la fenêtre, fit : « Oh ! » et fronça les sourcils d'un air mécontent. Un des commis observa son attitude et, plein d'un zèle servile, se baissa pour ramasser un caillou ; mais le Secrétaire particulier qui était un très jeune homme, enjamba la fenêtre avec simplicité et marcha vers le chien.

Jérôme se laissa tapoter le flanc d'un air de dignité simple et ne fit aucune objection lorsqu'on examina son collier. Un des commis qui s'étaient approché, prononça avec importance : « C'est un chien perdu. Il faut l'emmener à la fourrière. » Le Secrétaire particulier, qui méditait depuis un instant, répondit : « S'il n'est à personne, il est à moi, et je l'emmène. Voilà longtemps que j'avais envie d'un chien. Allons, Jérôme, à la m..ison ! » Et Jérôme flairant la soupe possible, se leva d'un bond et le suivit.

*
* *

Le Secrétaire particulier occupait deux pièces au rez-de-chaussée d'une petite maison dont la propriétaire, fière d'un locataire en aussi belle position, l'entourait d'un bonheur à sa façon, fait de couvertures épaisses et de substantielle nourriture. Devant ses fenêtres s'étalait un petit jardin trop bien entretenu, tout en plates-bandes ornées de géraniums et de buis ; mais au-delà c'était la campagne, la vraie campagne — champs, bois et fossés.

Jérôme, peigné, lavé et bien nourri, se comporta pendant trois jours en bête civilisée. Le troisième jour,

ou plutôt dans la nuit qui suivit, il arriva une chose
curieuse. Le Secrétaire particulier, qui dans la vie
privée s'appelait tout simplement Jean Grébault, fut
réveillé vers minuit par un bruit insolite. Il avait laissé
sa fenêtre ouverte en s'endormant et vit qu'un clair
de lune splendide inondait de lumière une partie
de la chambre ; une forme étrange se dessinait en bloc
sombre sous la clarté, et, regardant avec plus d'attention, il s'aperçut que c'était le chien, qui, debout, deux
pattes posées sur l'appui, le considérait sans bouger.
Il eut un éclat de rire contenu et appela à voix basse :
« Jérôme ! » Et Jérôme, franchissant la croisée d'un
saut, vint s'asseoir au pied de son lit.

Après cela, il lui fut impossible de dormir. C'était
une belle nuit de printemps, tiède et claire, et, par la
fenêtre grande ouverte entraient, pour peu qu'on prêtât
l'oreille, toutes sortes de bruits confus : cris lointains
d'oiseaux nocturnes, bruissement des feuilles sous le
vent, craquements dans les fourrés ; les mille frémis-
sements de la vie mystérieuse qui, la nuit venue, s'agite
dans les taillis sombres et au revers des fossés. Il sortit
de son lit et s'avança jusqu'à sa fenêtre. L'étroit jardin
dormait au clair de lune, figé dans ses alignements mes-
quins ; mais, au delà, la lumière pâle semblait avoir
transformé le monde en un décor de féerie ; elle faisait
danser sur le sol l'ombre découpée des feuillages,
illuminait un bouquet de hêtres, changeait en opâle
une mare minuscule, sertie de roseaux, d'où montaient
des appels de grenouilles.

Alors, il lui vint un grand désir d'être au milieu de
tout cela ; de ne pas rester enfermé entre des murailles,
à côté de la splendeur d'une telle nuit, et, revenant

vers son lit, il commença à s'habiller. Il n'enfila que les vêtements indispensables, et, tête nue, sortit en enjambant la fenêtre, le chien sur ses talons. Dès qu'il eût gagné la vraie campagne, il se sentit envahi par une joie démesurée de bête soudainement libre, et appelant Jérôme d'un claquement de langue, partit en courant. Il n'avait pas fait dix mètres que le chien était venu se placer devant lui et d'un long galop paresseux l'emmenait à travers la nuit. Leur course les emporta dans des prairies coupées de ruisseaux étroits, où le sol mou fondait sous le pied ; puis plus haut, entre des bouquets d'arbres dont l'ombre épaisse, après la lumière blafarde, semblait une voûte d'église ; plus haut encore, jusqu'au sommet d'un coteau herbeux dont le flanc dégarni montait, montait vers la clarté comme une route triomphale, et le jeune homme, ivre, grisé par l'air tiède et les senteurs de la nuit. l'enleva d'un dernier effort et descendit l'autre flanc sur sa lancée, suivant toujours Jérôme qui galopait, tête basse, flairant au passage les touffes d'herbe où fuyaient des bêtes apeurées.

Enfin il se laissa tomber au pied d'un talus, épuisé, à bout de souffle, et Jérôme se coucha à côté de lui dans une posture de sphinx, haletant et joyeux, fouillant l'obscurité de ses yeux jaunes. Ils restèrent immobiles jusqu'à ce que le grand silence qui semblait s'être abattu sur la campagne eût fait place de nouveau aux bruits divers de la vie qui s'agitait invisible autour d'eux ; puis ils rentrèrent, las et contents, comme l'aube montait.

*_**

Le lendemain, Jean Grébault bouleversa quelques
tiroirs et mit à la lumière, l'un après l'autre, différents
articles d'habillement qu'il n'avait pas portés depuis
longtemps. Il y avait une courte culotte de toile, ornée
de taches et d'accrocs ; des souliers à semelles de
caoutchouc qui avaient connu de meilleurs jours et un
épais « sweater », jadis blanc, devant lequel il resta longtemps rêveur. Ce jeune homme avait été un athlète,
en son temps ; mais six mois de situation semi-officielle
dans une petite ville de province lui avaient appris
qu'il est convenable de sacrifier l'hygiène à l'avance-
ment et d'éviter les initiatives excentriques qui vous
attirent des haussements d'épaules de quelque supérieur obèse et les : « Vous ne serez donc jamais sérieux ! »
d'un protecteur découragé. De sorte qu'il s'était peu
à peu accoutumé à restreindre sa vie au cercle fasti-
dieux que bornent : au Nord, l'opinion publique ;
— à l'Ouest, les Principes républicains ; — à l'Est,
la déférence hiérarchique ; — et au Sud, la Sagesse
intangible d'une bourgeoisie mal lavée.

*_**

Quelques jours plus tard, il fut pour la seconde fois
réveillé au milieu de la nuit, et, étendant la main au
hasard, trouva sous ses doigts le poil rude de Jérôme,
qui s'impatientait. La nuit était venteuse et fraîche et
la fuite incessante des nuages sous la lune jetait dans
la chambre des alternatives d'ombre et de clarté. Il se

sentait singulièrement paresseux et resta une demi-
heure encore entre ses couvertures, plein d'indécision.
Il se leva pourtant et marcha jusqu'à la fenêtre. La
première bouffée de vent qui lui souffla à la figure lui
rendit tout son courage et il sentit monter en lui en
même temps la vigueur de ses vingt-cinq ans et le
dégoût de la servitude. Il saisit les vêtements qu'il
avait exhumés trois jours auparavant et le contact de
la laine rude sur la peau, en lui rappelant le passé,
l'emplit d'une fièvre joyeuse. Tout en s'habillant ainsi,
il parlait à voix basse au chien, qui suivait des yeux
tous ses mouvements ! « Vois-tu ! Nous avons trop
attendu, Jérôme, mais il est encore temps. Je ne me
rappelais plus à quoi ça ressemblait, la liberté, et voilà
que je me souviens. Tu n'as pas lu le livre de la « Jungle »,
Jérôme ? Nous aussi, nous allons avoir notre course
du printemps. »

Le Secrétaire particulier avait sans doute, dès ce
moment, rompu tous les liens de conscience qui pouvaient l'attacher encore au monde civilisé, car il sortit,
non pas en enjambant la fenêtre, comme il faisait parfois en certaines heures d'abandon, mais en la franchissant d'un saut, ainsi que, cinq ans plus tôt, il passait
les haies dans sa foulée, sur une piste au gazon ras.
Son élan l'emporta au milieu d'une plate-bande de
géraniums qu'il écrasa sans remords, et, d'un autre
bond, par-dessus la barrière du jardin.

Ce fut la première d'une longue série de nuits sauvages, au cours desquelles le jeune homme, toujours
suivant le vieux chien, redescendit, degré par degré,
vers la simplicité de la création primitive. Du matin
au soir, Jean Grébault, secrétaire particulier du Préfet

de Deux-Nièvres, accomplissait machinalement son labeur minutieux et futile, mais du soir au matin, il n'y avait plus qu'un garçon qui venait de redécouvrir le patrimoine laissé intact par cent générations et s'émerveillait d'avoir pu se passer si longtemps de son héritage.

***

Le dénouement de cette histoire se trouve rapporté, non sans commentaires, dans la chronique scandaleuse de Pont-sur-Nièvre. Il eut pour décor le jardin de la Préfecture, et les figurants comprenaient l'élite de la société locale. Les hommes sérieux, notables et fonctionnaires, s'étaient réunis en groupe, loin du tennis et des toilettes claires, autour de celui qui présidait aux destinées du département. Il laissait tomber une à une, dans le silence respectueux, des paroles profondes et définitives — tirées d'un journal du matin — et ses auditeurs, songeant aux petits fours, l'écoutaient avec des moues graves. Le Secrétaire particulier, assis sur une table de fer, balançait ses jambes au-dessus de la tête de Jérôme, qui, couché à terre, fixait sur le Préfet ses yeux jaunes et bâillait insolemment.

Le Préfet, n'ayant plus d'idées, annonça, pour remplir un silence, que M. Jean Grébault allait le quitter. Alors un haut fonctionnaire des Finances, apoplectique et décharné, prévint le jeune homme avec solennité qu'il s'en repentirait quelque jour et se souviendrait avec regret, plus tard, du temps qu'il avait consacré à un labeur utile à la République, adouci par la bienveillance intelligente de ses chefs et l'accueil affable d'un cercle à la fois intègre et cultivé. Jean cligna de l'œil à Jérôme et rit doucement. Puis il prit la parole et leur dit en termes de choix ce qu'il pensait d'eux, de leur cercle et de leur labeur.

Il leur dit qu'il s'en allait, chassé par la peur qu'il avait conçue de devenir quelque jour semblable à l'un d'eux. Il leur dit qu'ils étaient difformes et ridicules, certains squelettiques, certains obèses, tous pleins de leur propre importance et de la majesté des principes médiocres qu'ils servaient ; que leur progéniture hériterait de leurs tares physiques et de leur intellect rétréci, et qu'ils s'en iraient à la mort sans avoir connu de la vie autre chose qu'une forme hideusement défigurée par les préjugés séculaires et de mesquines ambitions...

L'Inspecteur d'académie sourit avec une méprisante indulgence, le Receveur particulier ouvrit la bouche sans rien dire et le Préfet, plissant avec autorité son crâne chauve, étendit une main impérieuse.

Mais son ex-secrétaire, ne lui laissant pas le temps d'exprimer son courroux, dit indolemment : « Vous savez qu'on peut aller au Canada pour cinquante francs ? » Et Jérôme, sous la table, ferma ses yeux jaunes en signe d'approbation.

L. Hémon.

Singulière page — un peu écourtée, négligée à la fin, c'est une improvisation de jeunesse — singulière, et même saisissante : elle éclaire, elle annonce toute une existence de-

puis les fugues juvéniles jusqu'à celle qui terminera tout.

Disparitions de l'homme : elles commencent, il a vingt-trois ans, elles l'éloignent pour toujours. En 1903, Louis Hémon disparaît dans Londres. Il s'emploie çà et là, gagne son pain ; mais sa grande affaire, c'est d'aller seul, de marcher à travers les foules, de regarder vivre les garçons et les filles, de se mêler aux débardeurs des docks, aux manœuvres de Stepney, à ce peuple irlandais qui s'est créé, dans l'immense ville, une ville qui est à lui seul, sordide et libre, aventureuse et violente, une république barbare régie par ses coutumes. De là, ces contes que nous avons réunis sous le titre : La Belle que voilà [1] *; de là,* Collin-Maillard *; et de là ce* Battling - Malone, *pugiliste, qui prend*

---

1. *Ce volume était imprimé, quand fut portée à notre connaissance une feuille où Louis Hémon avait écrit le titre et la table du recueil de ses contes, recueil qui différait sensiblement de celui que nous avions composé. Louis Hémon ne retenait pas tous ses contes ; il laissait tomber* La Belle que voilà, La peur ; *il ne retenait que les récits londoniens, et le titre devait être :* De Marble Arch à Whitechapel.

aujourd'hui sa place à la tête de toute une littérature qu'il a devancée de quinze ans. — A Londres enfin, Louis Hémon écrit M. Ripois et sa Némésis, que nous publierons bientôt, et qui terminera son œuvre romanesque.

En 1911, nouveau départ : le Canada, où il disparaît en 1913 ; la ferme de Péribonka, ces douze mois où, domestique de ferme, il médite et écrit Marie-Chapdelaine ; qu'allait-il découvrir quand cette locomotive le happa, tandis qu'il marchait, sac au dos, suivant le rail en guise de route, vers les régions presque désertes des Grands Lacs et de l'Ontario ?

Rien n'est moins fondé que l'opinion qui fait de Louis Hémon l'homme d'un livre ; il était comme Dickens ou George Sand, l'homme d'un poème innombrable, et de ce poème nous avons plusieurs chants.

Daniel HALÉVY.

La grande salle du National Sporting Club, celle où se donnent les combats, qui est une ancienne salle de théâtre transformée, achevait de se vider. Les derniers spectateurs s'en allaient à la file et, pour regagner le vestibule et la porte de la rue, traversaient un côté de la salle à manger du Club. Dans cette dernière, autour de petites tables espacées çà et là sur les épais tapis, nombre de gentlemen et de noblemen s'étaient réunis, qui pour boire, qui pour souper plus copieusement, entre amis et membres, maintenant que les intrus amenés là par le seul spectacle des combats étaient partis.

Des garçons, silencieux, attentifs, impeccables de tenue et de manière comme savent seuls l'être les domestiques an-

glais de haut style — les aristocrates de
la domesticité — glissaient d'un bout
à l'autre de la pièce sans plus de mouvements apparents que les silhouettes qui
défilent au fond d'un tir. Ils se penchaient
au-dessus des tables, obséquieux avec
parfois quelques mots à voix basse :

« Un Scotch and Soda, my lord ? Un
Black and White ; très bien !

« Le claret ordinaire et une côtelette
peu cuite ? Certainement ».

Les Buveurs et soupeurs, tous gens de
bonne compagnie, ne parlaient entre eux
qu'à voix assourdie, de sorte que cette
vaste salle, pourtant pleine de monde, laissait une impression de calme recueilli,
presque de tristesse. Et cette impression
n'eût pas été absolument fausse, car c'était
de la mélancolie et un peu d'irritation,
sinon une vraie tristesse, qui régnaient
dans les cœurs de tous ces gentlemen
assemblés.

Cette soirée pugilistique, la plus importante de l'année dans ce club qui restait le temple consacré du noble art

britannique de la défense de soi-même,
avait vu une triple victoire française.
Réellement, ces Français exagéraient !

Même les plus jeunes des membres du
National Sporting Club, en repassant leurs
souvenirs, eussent fort bien pu se rappeler les débuts de ces mêmes Français
dans la science du pugilat. Par Jupiter,
qu'ils étaient donc comiques ! Ils s'étaient
un beau jour lassés de se donner des
coups de pied dans la figure et avaient
résolu d'apprendre à se servir de leurs
poings comme des hommes, de boxer,
en un mot. L'Angleterre toute entière
en avait ri. Un Français boxant ! C'était
un paradoxe du dernier ridicule ; une
plaisanterie en action ; un défi lancé à la
raison et au bon sens ! Pourtant lorsque
les premiers d'entre eux, amateurs ou
professionnels, étaient venus représenter
leur pays en des rencontres internatio-
nales, les membres du National Sporting
Club avaient dissimulé leur gaieté, en
vrais gentlemen courtois et hospitaliers
qu'ils étaient.

Le plus petit effort méritoire d'un boxeur
français, la moindre preuve de science
donnée par lui, le seul fait qu'il observait
les règles essentielles du noble art et ne
commettait pas d'énormité suffisait à lui
attirer des applaudissements pleins de
bienveillance.

Mais les indulgents spectateurs, après
avoir courtoisement battu des mains, ne
cherchaient plus, une fois entre eux, à
cacher leur amusement. Ces Français ne
doutaient de rien ! Ils jouaient leur rôle
de façon fort plaisante, ma foi ! Ils avaient
vite appris le cérémonial et l'étiquette
du ring, même les attitudes et les gestes
convenables. Mais de là à affronter des pugilistes anglais, même de troisième classe,
avec la moindre chance de succès il y
avait un abîme qui ne serait jamais franchi. Non, Monsieur ! La seule idée en
était grotesque : ils n'avaient pas cela
dans le sang, voyez-vous ; c'était là le
glorieux privilège des Anglo-Saxons !

Tous les gentlemen qui soupaient ou
buvaient autour des tables semées dans

la salle à manger du club se rappelaient
peut-être avec un rien de dépit qu'ils
avaient tenu des propos semblables autrefois. Ils avaient tapé sur la table et déclaré
que — Dieu me damne, Monsieur ! —
ces Français ne feraient jamais entre les
cordes du ring que des mines de pitres
et de saltimbanques. Et quelques années
à peine s'étaient écoulées depuis lors !

Le souvenir des trois défaites de la
soirée, de deux de leurs champions cou-
chés sur les planches aux pieds de cogneurs français, pesait sur eux comme
une déchéance amère et à vrai dire incompréhensible.

A une table étaient assis quatre hommes
aux corrects habits noirs, aux plastrons
mieux qu'éblouissants : blancs ! Blancs
de ce blanc sans égal, unique, que seuls
certains blanchisseurs de Londres savent
obtenir.

L'un de ces hommes, encore très jeune,
grand et bien découplé, brun, avec un
visage sain et tanné d'homme de plein
air, était l'héritier d'une de ces fortunes

qui, pour être moins prétentieuses et moins connues du public que les « piles » gigantesques des rois de l'industrie, n'en sont pas moins les plus larges et les plus solides. Son nom ? Les garçons du National Sporting Club l'appelaient à voix basse, avec déférence : « My Lord ! » et ils s'entendaient à donner à cette appellation toute la nuance de respect profond qu'elle doit comporter, car le National Sporting Club, comme chacun sait, compte un nombre respectable de lords parmi ses membres. Ses compagnons l'appelaient plus familièrement : « WESTMOUNT ! » ; d'où l'on peut conclure qu'il était connu du vulgaire sous son nom et titre de Lord Westmount.

Il avait l'air assuré, sans morgue, mais sûr de soi et content de la vie, d'un jeune aristocrate dont la digestion est parfaite, que la goutte n'a pas encore troublé, membre des clubs les plus cotés de Londres et du continent, possesseur d'un château en Ecosse, d'un autre dans le Buckinghamshire, d'une petite villa pit-

toresque dans la New Forest et, très
exactement, de trois cent quatre-vingt-
sept acres de terrains bâtis dans les quartiers les plus centraux de Londres, lui
rapportant un revenu annuel de soixante-
dix-sept mille six cent vingt-huit livres
sterling, seize shillings et neuf pence.

A un curieux qui fut un jour assez sot
pour lui demander le chiffre exact de sa
fortune, il avait répondu de sa voix dédai-
gneuse, un peu traînante :

« Je ne suis pas sûr du nombre de livres ;
mais je me rappelle fort distinctement les
neuf pence. Je suis sûr des neuf pence,
voyez-vous... po-si-ti-ve-ment... »

Il avait encore ce ton aristocratique qui
faisait si forte impression sur les roturiers au moment où vous le trouvez en
train de souper avec trois amis dans la
salle à manger du National Sporting Club ;
mais il s'y glissait cette fois un peu d'impatience et d'ennui.

« Par Jupiter ! disait-il en taquinant
sa côtelette. — Cela ne peut pas durer !
Trois damnés Français viennent ici et

balayent le plancher avec trois de nos
meilleurs hommes ! Cela ne peut pas
durer ! »

Il répétait cela d'un ton égal d'homme
bien élevé ; mais on sentait pourtant percer dans ce ton l'irritation d'un potentat
qui est habitué à ne pas dire souvent en
vain qu'une chose « ne peut pas durer ».

Un de ses compagnons de table lui
répondit : un gros homme au visage apoplectique, aux moustaches à pointes ci-
rées comme on n'en voit plus guère qu'en
Angleterre, mais que nombre d'Anglais
s'imaginent en toute bonne foi être un
trait essentiel et immanquable de tout
visage français.

« Cela devait arriver, — dit-il d'une voix
enrouée dont la tristesse était un peu
comique. — C'était immanquable. Le
vieux pays s'en va aux chiens, Monsieur !
Avec toutes leurs fariboles nouvelles, et
leur socialisme, ils ont tout démoli ; et
maintenant nos hommes se font battre
par des Français... Par des Français !
C'est un comble... »

« Allons ! Allons ! Major -- fit un de
ses compagnons qui n'avait encore rien
dit — il ne faut rien exagérer. Je ne suis
pas plus socialiste que vous, mais je ne
vois pas bien le rapport entre le pugilisme
et la politique. Et d'autre part nous avons
peut-être eu tort de faire si peu de cas de
nos amis de l'autre côté du détroit. Nous
voilà tout surpris de découvrir maintenant que ce sont des hommes comme
nous, qui ont de bon sang rouge dans les
veines, des muscles et une dose décente
de courage ! Il ne nous reste qu'à modi-
fier nos opinions et recommencer. Ne
vous désolez pas, Major : nous les bat-
trons la prochaine fois. »

Le Major se contenta de secouer la tête
avec des grognements confus. Vingt ans
de service dans l'armée des Indes lui
avaient façonné une digestion capricieuse,
un caractère singulièrement irascible, et
un ensemble de vues sur les générations
nouvelles et l'ultime destinée du Royaume-
Uni qui procurait à ses amis bien des
moments de gaieté.

Son attention fut d'ailleurs attirée à ce moment par une catastrophe plus grave.

« Hé! Hé ! Hé ! — fit-il tout à coup avec des gestes violents. — Ma sauce ! Ce n'est pas ma sauce... »

Devant cette mimique furieuse et les mugissements étouffés qui l'accompagnaient, le garçon qui le servait reconnut soudain avec horreur qu'il avait mis auprès de l'assiette du Major une bouteille de Worcester sauce ordinaire au lieu du « ketchup » spécial dont il avait rapporté la recette du Bengale, et qu'il promenait partout avec lui. En quelques secondes cette tragique erreur fut réparée, non sans que la figure du Major eût acquis une teinte violacée, des plus terrifiantes à contempler. Sa colère tombée, le souffle lui revenant peu à peu, il reprit la discussion.

« Je vous dis que ce sont les socialistes moi, Monsieur ! La ruine de notre vieille aristocratie, de nos traditions, de tout, c'est leur ouvrage, n'est-ce pas ? Eh bien, la tradition, Monsieur, c'est tout. Dès

que nous cessons de maintenir les traditions, les capitaux vont à l'étranger et
nos boxeurs sont battus, cela va de soi !
Si nous nous mettons à admettre que ces
polissons de Français peuvent nous battre,
naturellement qu'*ils* nous battront ! C'est
clair ! »

Il vida son verre et noya le steak placé
sur son assiette dans une petite mer de
« ketchup ». Entre chacune des bouchées
de viande presque crue qu'il avalait vinrent
quelques lamentations enrouées :

« ...... s'en va aux chiens, Monsieur !.....
Les socialistes...... Et les végétariens ! »

Aux tables voisines la conversation semblait se borner à des questions plus étroites
de technique. Sir Wilfrid Harun, K. C.,
une des gloires du barreau anglais et un
fervent du pugilat, expliquait au banquier
Rubinstein, avec des gestes secs et nets
comme des arguments :

« ... Ils ont le punch ; voyez-vous. C'est
pour cela qu'ils gagnent. Ils ont le punch :
l'utilisation correcte des muscles frappeurs,
et la détente. Le punch : tout est là. »

Le banquier Rubinstein hochait la tête sans rien dire en promenant les yeux autour de lui. Membre du National Sporting Club, parce que cela le mettait en contact avec des gens distingués et lui donnait une réputation de sportman, il ne s'intéressait guère à la boxe et n'y comprenait rien. Mais il savait écouter à merveille, en agitant dans son crâne aux curieux reliefs les combinaisons financières du lendemain, et gardant constamment l'œil ouvert pour ne pas manquer quelque introduction avantageuse, la présentation au gendre désiré, quelque baronet décavé que les yeux liquides de Leah, sa fille, et la chanson de ses écus à lui, pourraient tenter.

Plus loin un jeune homme pâle disait d'une voix flûtée :

« Harrison ne s'était pas entraîné comme il l'aurait dû. C'était facile à voir : il était gras comme une poularde de Surrey. »

A la table voisine Lord Fairview s'était figé tout à coup au milieu d'un geste, son verre à la main, et répondait à quelque

observation d'un compagnon de table :
« Harrison ? il était surentraîné ! »

Partout l'on cherchait et l'on trouvait
des excuses aux trois défaites britanniques de la soirée ; partout aussi régnait
la même irritation qui chez tous ces
hommes de sport brûlait de se traduire
en actes. Une humiliation pesait sur la
salle, sans découragement pourtant, plutôt le sentiment d'une injustice à réparer,
d'une suprématie incontestable accordée
une fois pour toutes par la divinité, qu'il
fallait prouver et pieusement affermir.
Car chez tous survivait l'instinct profond
que les triomphateurs de ce soir-là appartenaient pourtant à une race inférieure,
et que leur succès n'était qu'un accident
fâcheux du sort, qui ne devait pas avoir
de lendemain.

Maintenant des soupeurs s'étaient levés
et plusieurs d'entre eux se groupaient
autour de la table de Lord Westmount
et de ses trois amis. La conversation devenait générale : dix voix diverses se mê-
laient.

« C'est la fin de tout ! — grognait le Major, plus apoplectique encore que tout à l'heure. — Les jeunes gens d'aujourd'hui sont élevés comme des femmelettes ! »

Un de ses compagnons de table, Sladen, un des dirigeants du Club, proposait des remèdes :

« Multiplier les compétitions des débutants ; chercher des talents nouveaux ; moderniser nos méthodes d'entraînement... »

« Et revenir au bon vieux style anglais — souffla le Major — au lieu de toutes ces fariboles américaines ».

Lord Westmount, qui semblait pensif, répéta encore une fois :

« Cela ne peut pas durer ! »

« Que voulez-vous ? reprit Sladen. — Par sa nature même un club comme le nôtre est forcé de borner son action. Il faudrait d'autres encouragements désintéressés, de l'aide... »

« En tout cas que ce soit de l'initiative privée ! mugit le Major. — Pas d'intervention de l'Etat ; pas de socialisme ! »

On ne songea même pas à sourire. Une idée semblait germer à la fois dans tous les cerveaux ; une sorte de magnétisme attirait vers ce coin de la salle les autres membres présents. Bientôt un groupe compact fut assemblé là, et l'état d'esprit général devint cette âme collective des foules, qui produit également la colère et l'enthousiasme.

Lord Westmount se dressa tout à coup.

« Gentlemen ! » fit-il d'une voix forte.

Un silence s'appesantit aussitôt, que rompit seulement la détonation d'une bouteille de soda débouchée, puis le « gluck... gluck... » du liquide tombant dans deux doigts de vieux whisky d'Ecosse.

« ... Gentlemen ! Ce soir trois de nos meilleurs hommes ont été battus par trois Français, et ce ne sont là que de nouvelles défaites s'ajoutant à une liste déjà trop longue. Cela peut-il durer ? »

Des exclamataions s'entrecroisèrent :

« Non ! Non ! Ecoutez... Damnés Français !... Bien sûr que non ! »

Sir David Harum, K. C., s'écria d'une voix nette et tranchante comme une lame :

« Cela ne peut pas, et ne doit pas, durer. »

Le banquier Rubinstein hocha la tête et répéta cinq ou six fois de suite :

« Ecoutez !... Ecoutez !... Ecoutez ! »

« Nos hommes sont les meilleurs du monde — reprit Lord Westmount. — Mais il nous faut faire en ce moment un effort spécial pour recruter de nouveaux champions qui remplaceront les anciens et les continueront. »

« Trop tard ! — soupira le Major. — Le vieux pays s'en va au diable. Ces socialistes... »

« Pour triompher de nouveau et rétablir notre suprématie menacée dans ce sport qui est et doit rester l'apanage de la race anglaise, nous ferons appel au patriotisme de la nation. Mais cela ne suffit pas : il faut y ajouter une aide active, efficace, payer de nos personnes et de notre argent. L'enthousiasme est bien ; mais que peut l'enthousiasme sans argent ? »

« Rien ! — fit doucement le banquier
Rubinstein, comme s'il se parlait à lui-
même. — Absolument rien ! »

« Unissons-nous — continuait le jeune
lord — pour former un organisme qui
favorisera l'éclosion du talent pugilistique, découvrira les futurs champions,
veillera sur eux, leur fournira sans compter tout ce qui peut les aider à la victoire,
et les enverra finalement dans le ring
pour faire de nouveau triompher partout
les garçons de la race bull-dogs...

... Nous sommes tous des sportsmen ici.
Que tous ceux d'entre nous qui ont à cœur
le bon vieux sport du pugilat et la suprématie de la vieille Angleterre en donnent
une preuve pratique. Organisons la revanche et la victoire. Il faut un nom
à notre union ; un plan bien arrêté ; une
tactique ; mais avant tout il faut de l'argent. Gentlemen, mettons la main à la
poche pour l'honneur du vieux pays ! »

Pas un mot ne répondit à ces paroles ;
mais d'un même geste vingt mains plon-
gèrent dans vingt poches et en sortirent

vingt carnets de chèques. Une voix, brève et tranquille, demanda seulement :

« Combien ? »

« Je proposerais un premier apport de cent guinées chaque pour les premiers frais — dit Lord Westmount. — Ensuite nous aviserons. »

L'on n'entendit plus que les plumes qui couraient sur le papier. La Banque d'Angleterre, et la Westminster Bank, et la Banque Royale d'Ecosse, et la London et Counties Bank, reçurent vingt ordres d'avoir à payer au porteur la somme de cent guinées. Puis vingt paraphes égratignèrent le papier, vingt chèques tombèrent sur la table et vingt voix flegmatiques dirent presque ensemble :

« Voilà ! »

Le « British Champion Research Syndicate » était fondé.

II

Le Wonderland de Whitechapel Road...
Le quartier, la salle, le public, le spectacle offert, résument d'une façon aussi
complète et aussi saisissante la boxe populaire que la salle et le public du National
Sporting Club résument la boxe aristocratique.

Sous la clarté aveuglante des lampes
à arc, les milliers de figures tournées
vers le ring ont la même expression d'attention haletante, les mêmes contractions
involontaires des mâchoires toutes les fois
qu'un coup qui semble décisif est frappé,
les mêmes mouvements des lèvres qui
articulent inconsciemment, sans bruit, des
imprécations ou des souhaits. Des casquettes crasseuses tirées bas sur le front
coiffent presque toutes les têtes ; tous les

cous sont ornés de foulards décolorés qui
servent à la fois de cravate et de linge ;
çà et là seulement un faux-col se remarque
et fait sensation, bien que sa teinte soit
un gris foncé sur laquelle ressortent des
empreintes plus noires, que des doigts
sales y ont laissées.

Toutes ces faces semblent au premier
coup d'œil pareilles ; ce n'est qu'en les
regardant plus attentivement qu'on remarque les contours hâves ou distendus,
la pâleur moite des uns et la teinte vineuse,
presque violacée, des autres, le menton
lisse des très jeunes gens et les mâchoires
des hommes faits où une barbe de cinq
jours se hérisse, en attendant le coup de
rasoir hebdomadaire. Et voici que si l'on
étudie les types avec plus d'acuité on finit
par reconnaître que la première impression
était la vraie, que tous ces visages alignés
en rangées ont un air de parenté étroite,
non seulement un aspect commun de
race, mais une unité de caractère et d'expression.

Le type qui domine est le type sanguin,

massif, un peu bestial, des Anglais d'autrefois tels que les représentent les estampes d'il y a cent ans. Des cous épais, crevant de sang ; des mâchoires de dogues ; les méplats accentués où la sueur luit sous la lumière crue des lampes électriques ; les yeux enfoncés, ternes, injectés de sang, et surtout un caractère général de simplicité brutale, de force rudimentaire, bon-enfant pourtant, mais toujours prête à la poussée de colère qui, en vraie colère britannique, est muette et se traduit par d'immédiates violences. Dans d'autres couches sociales le type s'est modifié, affiné ; mais le type des basfonds s'est conservé intact, depuis l'époque que décrivent les gravures coloriées du John Bull du temps de Napoléon, cet individu massif, stupide, brutal, mais courageux et sublimement obstiné, qui a fait la force d'Albion.

Au milieu de cette foule, au centre de toutes ces rangées parallèles de figures qu'une même impression un peu féroce anime, le ring s'élève, et dans ce ring

il y a deux garçons aux pectoraux meur-
tris, aux visages ensanglantés, qui se mar-
tèlent furieusement l'un l'autre, avec des
« Han » de bûcheron et de grands coups
qui sonnent mat sur la chair des épaules
et sur les os du thorax. Le public de
Whitechapel fait fi de la science pugilistique et de l'adresse ; ce qu'il veut voir,
c'est le simulacre réaliste de la rixe, l'ardeur au combat de deux hommes aux
fortes charpentes qui voient rouge et
échangent de sauvages horions, tombent,
se relèvent, retombent et se relèvent encore avec un farouche et magnifique entêtement, tant qu'un vestige de force leur
reste.

Sur une estrade séparée du reste de la
salle, dont l'abord est défendu par des
gardiens aux mines patibulaires, un petit
nombre de gentlemen élégamment habillés, certains même en habit, suit aussi
des yeux les combats. Quelques-uns sont
venus là par curiosité de dilettantes du
sport, pour s'encanailler un soir ; d'autres
ont été attirés par le seul intérêt du pro-

gramme, qui est invariablement copieux et souvent comporte quelque morceau de choix. Parmi ces derniers se trouvait Lord Westmount, accompagné de son ami le Major. Ils suivaient des yeux avec attention le combat qui se livrait, faisant parfois une moue méprisante de connaisseurs en présence de maladresses trop grandes.

Enfin Jim de Baxter (de Southwark) parvint à acculer Bill Jordan (de Stepney) contre les cordes du ring, et là lui plaça une série de si durs crochets à l'estomac que l'espoir de Stepney se laissa tomber à genoux, littéralement asphyxié par ce que les hommes du métier dénomment le « solar plexus punch ».

A peine la voix du referee eut-elle compté la dixième seconde que les vociférations des spectateurs s'arrêtèrent, se muèrent en un murmure de conversations et de critiques, murmure au milieu duquel s'éleva aussitôt la voix glapissante des boys qui vendent dans la salle les rafraîchissements favoris des habitués,

« ... Apples !... Apples !... Nice Apples !..
Jellied Eels !... Banbury Cakes !... »

Les consommateurs faisaient leur choix
entre les pommes, les gâteaux gluants de
sucre, et les soucoupes où des morceaux
d'anguille nageaient dans une gelée trem-
blotante. Avec ces dernières on leur donnait un trognon de pain, et ils mâchaient
à grand bruit les tronçons d'anguille,
crachant les arêtes au loin et léchant la
gelée restée dans les soucoupes. Puis les
pipes se bourraient de tabac en carrotte
haché sur des paumes calleuses, et l'atmosphère déjà opaque de la salle s'obscur-
cissait encore un peu, formant un voile
où les figures devenaient de simples taches
blafardes ou violacées.

« ... Apples !... Oranges !... Banbury !...»

Lord Westmount promenait ses regards
sur toute cette plèbe crasseuse avec un
sourire de mépris amusé. Son habit de
coupe impeccable, son plastron dont le
blanc éblouissant surprenait auprès de
cette foule sordide, sa mine et ses manières d'aristocrate de race : tout cela le

désignait naturellement à l'attention du
public. Mais les regards que les hommes
du bas peuple jetaient au lord étaient
pleins du respect le plus profond, car
plus bas l'on descend à travers les couches
sociales du peuple anglais, et plus fort,
plus aveugle, devient le respect des différences de caste, la soumission presque
satisfaite à la supériorité reconnue des
nobles et des riches qui les fréquentent,
élite que la plèbe considère encore comme
une race à part, différente du commun des
hommes de peine.

Le Major, qui consultait le programme,
grogna tout à coup :

« Enfin ! C'est le tour de notre homme. »

Au brouhaha de curiosité et d'attente
qui s'éleva à ce moment tant dans la foule
de la salle que parmi les gentlemen de
l'estrade, il était facile de deviner que le
combat qui se préparait était le clou de
la soirée, la grande rencontre que des
affiches distribuées à profusion dans tout
l'Est de Londres avaient annoncée avec
force adjectifs mirobolants.

« Grand Contest Extra Spécial — En Quinze Rounds de trois minutes — Servant de Demi-Finale du Championnat d'Angleterre — entre le Futur Champion Poids Plume Joe Mitchell, de Stratford — et le héros de cent combats Bill White, de Manchester.

Tous les matches de boxe de Wonderland sont, sans exception, « de grands matches extra spéciaux », et la bourse est toujours indiquée sur les affiches et le programme comme une somme colossale, dont la vue fait ouvrir des yeux ronds aux amateurs naïfs. Seuls, les gens qui connaissent les coulisses de la boxe dans l'East End sourient et savent ce qu'il faut en croire.

Pourtant le combat dont il s'agissait ce soir-là avait réellement éveillé quelque intérêt dans le Landerneau du pugilat, et la présence de Lord Westmount et du Major en était une preuve. Joe Mitchell était un tout jeune garçon qui venait de remporter une série de victoires dans le Nord de l'Angleterre, où il résidait, et les critiques sportifs s'étaient pris d'un si vif enthousiasme pour lui qu'ils l'acclamaient déjà comme le digne successeur du grand Driscoll, l'homme qui devait conserver à la vieille Angleterre au moins un des championnats du monde qui s'en étaient allés l'un après l'autre vers l'Amérique ou la France.

Lord Westmount et son ami n'étaient pas venus dans l'East End en simples particuliers : ils représentaient là toute l'opulente majesté du « British Champion Research Syndicate », et d'autres membres du Syndicat assistaient le même soir à d'autres rencontres pugilistiques dans divers coins de Londres, tous à l'affût de combattants d'avenir susceptibles de relever le prestige un peu terni de Britannia. Les journaux sportifs, le *Sporting Life* en tête, avaient parlé à mots couverts et de façon assez mystérieuse de la formation et de l'existence de ce Syndicat, qui comptait parmi ses membres les porteurs de quelques-uns des plus grands noms du Royaume-Uni, et entrait dans

la vie doté d'une fortune. Aussi le public
du Wonderland, jusqu'à qui ces rumeurs
étaient parvenues, jetait-il sur les deux
aristocrates assis au premier rang de l'estrade des regards empreints d'une véné-
ration presque superstitieuse.

Des murmures couraient dans la salle ;
on se citait à l'oreille des noms, des chiffres
fabuleux :

« Rien que des lords, ou presque...
Ils ont des millions derrière eux, et le
premier de nos garçons qui bat les Américains et les Français proprement, eh
bien, il sera riche pour la vie !...

« C'est-il vrai, ce qu'on dit, que le premier qui ramènera au vieux pays un
championnat du monde sera fait baronet ? »

Des sceptiques s'esclaffaient ; mais
d'autres continuaient à hocher leurs têtes
massives, bourrées d'enfantine crédulité,
et répétaient doucement :

« On dit çà !... On dit çà ! »

Des soigneurs, vieux pugilistes retirés
dont les torses épais semblaient vouloir

crever leurs sweaters blancs, étaient montés sur le ring et s'efforçaient de renouveler et de purifier l'air en agitant des serviettes. Le propriétaire de la salle, le légendaire Jack Woolf, tenant comme toujours son petit chien sous le bras, franchit à son tour les cordes du ring et demanda à tous les spectateurs d'éteindre leurs pipes et leurs cigares et de maintenir pendant la durée du combat l'ordre et le silence le plus parfaits.

« Il y a ici des gentlemen — fit-il d'un air important et mystérieux — qui sont venus du West End remplir dans Whitechapel une mission, une vraie mission qui intéresse tous les sportsmen britanniques, de quelque rang qu'ils soient. Hommes de Whitechapel, montrez-leur votre respect de l'ordre et votre amour du sport, et souhaitons tous, lords et roturiers, que cette soirée nous révèle un champion ! »

Une clameur d'enthousiasme s'éleva ; tous les regards se tournèrent vers Lord Westmount et son compagnon, qui restaient impassibles, et de nouveau des murmures circulèrent, qui cette fois ne trouvèrent pas de contradicteurs.

« Des millions et des millions, je vous dis !... Les mangeurs de grenouilles n'ont qu'à bien se tenir... Si le petit Mitchel! travaille bien ce soir, ils vont le prendre en main et en faire un champion ; et après cela ils en feront un vrai gentleman et riche pour la vie !... »

Débardeurs des docks, ouvriers de Stepney et de Shoreditch, pauvres gueux qui avaient dîné d'un verre d'ale et d'un cervelas pendant trois jours pour économiser le prix d'une place au Wonderland, regardaient les représentants du tout-puissant syndicat avec une sorte de reconnaissance humble, et se félicitaient dans leurs cœurs qu'il y eût au monde des gens si riches, et qu'ils voulussent bien faire un usage si noble de leur argent.

Mais soudain les combattants entrèrent dans le ring, et quelques instants plus tard ils étaient aux prises.

Le favori du public était naturellement

ce Joe Mitchell, enfant de l'East End
puisqu'il y était né, et bien que la plupart de ses victoires eussent été rempor-
tées dans le Lancashire. Aussi tous les
regards se fixaient-ils sur lui. Svelte, blond,
avec un visage de fille, il semblait peu
fait pour le dur métier des coups, et tous
ses partisans ne pouvaient s'empêcher de
le comparer avec une nuance de crainte
à son adversaire Bill White, un vétéran
du pugilat bien qu'à peine âgé de vingt-
cinq ans, massif, solide, dont la figure ne
semblait être qu'un masque façonné pour
recevoir les coups sans en souffrir, tant
l'ossature était épaisse, le nez aplati, les
yeux petits et rusés profondément enfoncés entre les proéminences du front et des
pommettes. Une oreille en « chou-fleur »,
vestiges des horions qui défigurent, le
rendait plus hideux encore. Il combattait
les mains basses, la tête en avant comme
un taureau, offrant à toutes les attaques
son masque où il ne restait plus rien de
vulnérable. Les regards des spectateurs
se posaient une seconde sur lui, et ensuite

sur son adversaire svelte et joli, avec une
sorte de pitié.

Mais les habitués du Wonderland sont
tous des connaisseurs, et quelques feintes
esquissées, quelques entrechats des deux
hommes qui se guettaient, les premiers
coups qui portèrent, süffirent à leur faire
une opinion. Ils suivirent des yeux le corps
mince et musclé qui semblait se mouvoir
au rythme d'une mesure mystérieuse, toujours harmonieusement, sans aucune faute
d'équilibre ni aucun geste inutile ou exa-
géré, et chacun d'eux se dit doucement
à lui-même : « Il est vite ! » Puis, un
peu plus tard : « Il a le punch ! » ; et
enfin, après deux minutes de combat :
« C'est un damné bon garçon ; il fera
l'affaire ! »

Le gong qui annonça la fin de la reprise
donna le signal d'un tumulte soudain.
On commentait la tactique du nouveau
champion ; l'on ne tarissait pas d'éloges
sur son style, la rapidité de ses attaques,
sa défense impénétrable, son agilité de
ballerine dans les esquives. Une fois toutes

les formules d'éloges épuisées, les spectateurs se répétaient l'un à l'autre cinq
et six fois de suite, avec des hochements de
tête sans fin et une expression de bœufs
qui ruminent :

« C'est un damné bon garçon !... Un
damné bon garçon ! »

Lord Westmount et le Major avaient
perdu leur expression d'aristocratique indifférence et se penchaient en avant, fixant
sur le jeune garçon qui maintenant se
reposait dans un coin du ring, des yeux
d'experts qui soupèsent et évaluent. Bien
bâti : un peu frêle peut-être, mais, il
épaissirait avec l'âge ; la science innée, la
vitesse, et, malgré son apparence svelte,
un développement des muscles dorsaux
qui lui faisaient un torse en triangle,
apanage des durs cogneurs.

« Pas mauvais, hein, Major ? — dit
Lord Westmount à voix basse. — Qu'en
pensez-vous ? »

Le Major grogna sans répondre.

Dès le début du deuxième round Joe
Mitchell, d'un furieux swing du droit

fendit l'arcade sourcilière de son adversaire, et un mince filet de sang coula le
long du masque écrasé, tandis qu'une
enflure apparaissait qui devait boucher
l'œil peu à peu.

Alors le svelte athlète au visage de fille,
se rendant compte de son avantage et
prompt à en tirer parti, prit pour cible
cette enflure sanglante et s'acharna à la
marteler des deux poings. Semblable à un
piston par sa régularité et sa vitesse, son
bras gauche envoya vingt fois de suite
le dur gant de quatre onces qui cuirassait
ses phalanges meurtrir et remeurtrir cette
boursouflure du front et de la pommette.
Toujours en mouvement, agile comme
une guêpe, esquivant avec une facilité
dérisoire toutes les attaques de l'adversaire à moitié aveuglé, il s'appliqua en
bon ouvrier à parachever son travail,
et sous ses coups inlassables, précis, Bill
White sembla le taureau lent, maladroit,
qu'un banderillo agace et torture.

Quand le second round prit fin la
plèbe hurla d'enthousiasme, acclamant les

meurtrissures et le sang, qui prouvent la
loyauté du combat et la rude virilité des
hommes aux prises. Les gentlemen de
l'estrade restaient corrects et presque
muets ; mais ils se penchaient en avant,
la bouche entr'ouverte, et malgré eux
leurs yeux commençaient à flamber aussi.

Le Major grogna :

« Ce garçon a été éduqué comme il
faut... il sait faire mal ! »

Lord Westmount hocha la tête sans
détourner les yeux du ring, en juge qui
craint de se prononcer trop tôt.

Pendant trois reprises encore, trois reprises de trois minutes qui tinrent la
foule haletante, fascinée, les yeux rivés
sur les deux corps presque nus qui dan-
saient sous la lumière crue des lampes à
arc, Joe Mitchell continua la tâche commencée. Toujours frais et agile comme
aux premières secondes, presque souriant, joli, sans que son visage se départit
un instant de son expression candide et
pure, il fit de l'œil gauche de son adversaire une chose sans nom, ensevelie sous

des replis de chair tuméfiée, une simple
fente désormais incapable de s'ouvrir,
un contour hideux d'où le sang ne coulait
même plus, sur lequel les coups continuaient à pleuvoir, méthodiques.

Ensuite il combattit de plus près, sans
toutefois se départir de sa prudence, frappa
du poing droit à la mâchoire, une fois,
deux fois, trois fois... de toutes ses forces ;
puis voyant que Bill White se contentait
de secouer la tête avec un grognement
chaque fois et restait sur ses pieds, il
reprit de la distance et, toujours avec des
gestes précis et harmonieux et des entrechats de ballerine, il commença à boucher
l'autre œil.

Pendant les repos d'une minute qui
séparaient les reprises, le brouhaha des
commentaires enfiévrés faisait un tumulte
qui couvrait presque les voix suraigües
des boys qui promenaient toujours dans
la salle leurs pommes, leurs trognons
de pain et les tasses pleines de gelée et de
morceaux d'anguilles. Les verres d'ale
et les bouteilles de ginger-beer circu-

laient ; les débardeurs des docks et les
manœuvres des brasseries de Stepney ti-
raient de leur poche de larges flacons
pleins de leur mélange favori et buvaient
à tête renversée, la bouche collée au goulot, avec des claquements de lèvres humides ; puis ils soupiraient bruyamment,
un filet de bière et de bave mêlées leur
coulant, le long du menton, et passaient
le flacon aux camarades qui à leur tour
collaient avidement les lèvres au goulot.
La défense de fumer était déjà oubliée,
et l'atmosphère redevenait opaque et em-
brumée de fumée âcre.

Et toujours, dans le ring, par reprises
de trois minutes, le petit Joe Mitchell
continuait à charcuter son homme en
artiste, sans recevoir lui-même un seul
coup. Tout à l'heure Bill White semblait
un taureau maladroit qu'on houspille ;
maintenant il ne ressemblait plus qu'à
une bête d'abattoir, en partie estropiée,
qui attend le dernier coup. Mais toujours
l'endurance de sa charpente massive et de
sa chair presque insensible à la douleur,

et son entêtement de bête de combat, le maintenaient debout.

A la fin de la neuvième reprise il était presque complètement aveugle des deux yeux. La pommette et l'arcade sourcilière droites, enflées à leur tour sous les coups incessants, ne formaient plus qu'une masse unique, tuméfiée, crevant de sang noirâtre. Il ne pouvait plus que lancer au hasard des coups furieux, trébucher, se guider de la main le long des cordes et, percevant confusément devant lui la tache claire d'un torse, foncer rageusement dans cette direction, pour ne jamais frapper que le vide. Mais quand un de ses soigneurs lui offrit de jeter dans le ring la serviette qui est le signal de la défaite acceptée et de l'abandon, il cracha une gorgée de sang et se répandit en imprécations féroces.

Après la onzième reprise un de ses seconds demanda un couteau, lui fit une incision à la pommette et, collant ses deux lèvres à la plaie, aspira de toute la force de ses poumons, suçant ainsi pour

le cracher ensuite le flot de sang meurtri,
à moitié décomposé, qui enflait ses chairs
et l'aveuglait. C'est là un des remèdes
traditionnels de la chirurgie du ring,
et l'opération ne surprit personne. On se
demanda :

« Croyez-vous qu'il puisse tenir jusqu'à
la fin... Il est encore solide sur ses jambes...

Or, quand le gong sonna le commencement de la douzième reprise, Bill White
voyait d'un œil, et sa charge initiale fut
celle d'un dogue fou de colère qu'on dé-
chaîne et qu'on démusèle. Pris par sur-
prise, son adversaire fut bousculé jusque
dans les cordes du ring, et, avant qu'il ait
pu reprendre son équilibre et sa garde,
quatre coups terribles venaient lui marteler l'estomac et faire plier ses côtes.
Il s'échappa pourtant ; mais les spectateurs placés près du ring virent que ses
yeux chaviraient un instant et deux taches
livides, presque verdâtres, apparaissaient
et s'étendaient des ailes du nez aux com-
missures des lèvres.

En une seconde le vétéran était sur lui

de nouveau, frappant des deux mains
un peu à l'aveuglette mais avec assez de
précision pour que la plupart de ses
coups atteignissent les flancs ou l'estomac. Tout à coup Joe Mitchell chancela,
laissa retomber les poings le long des
cuisses, et se laissa aller sur les genoux.

Une grande clameur était montée de
la salle ; la moitié des spectateurs s'étaient
instinctivement levés pour mieux voir,
mais des cris féroces et des imprécations
venant des bancs du fond les firent ras-
seoir. Puis le tumulte mourut soudain
et dans un silence de mort on entendit la
voix du chronométreur compter les secondes.

« Four... five... six... seven... »

Joe Mitchell était debout. Son adversaire, qui attendait à cinq pieds de là,
penché en avant, ramassé pour une nouvelle attaque immédiate dès que ses genoux ne toucheraient plus terre, fonça
en catapulte et ne trouva que le vide devant lui. D'un saut de côté le favori avait
esquivé l'attaque, regagné le centre du

ring, et voici qu'aussitôt il reprenait sa tactique primitive, fuyant les corps à corps, se contentant de coups légers du poing gauche qui cherchaient à maintenir à distance l'adversaire. Mais bien que toujours rapide et agile d'apparence, ses coups manquaient de détente, et tous ses mouvements donnaient l'impression d'un ressort presque à bout de course et qui va s'affaiblissant.

Bill White était comme un bull-terrier que le combat et la victoire possible saoûlent et qui s'acharne avec une férocité simple. Collé à son homme, il le suivait d'un bout à l'autre du ring comme une mauvaise ombre et frappait sans répit des deux mains. L'idée du triomphe proche l'aveuglait plus encore que l'enflure de ses tempes et de ses pommettes, et quelques-uns de ses coups, mal dirigés, portèrent au-dessous de la ceinture, atteignant l'aine.

Alors le tumulte qui s'était élevé de nouveau et ne cessait plus devint une sorte de hurlement continu, une impré-

cation jetée à la fois par mille bouches.
« Foul !... criaient-elles... Foul !... Il a
frappé au-dessous de la ceinture... L'arbitre, arrêtez le combat !... »

L'arbitre se contenta de crier aux boxeurs un avertissement qui se perdit dans
le vacarme, et la foule maintenant enra-
gée, voyant son favori faiblir de seconde
en seconde et plier sous les coups qui
lui enfonçaient les côtes, devint une clameur vivante, une effroyable colère dé-
chaînée. Des hommes se levaient de leurs
chaises, apoplect'ques, les veines du front
saillant comme des câbles, et mugissaient
des injures et des blasphèmes, secouant
les poings, prêts à se ruer. Le vétéran
défiguré qui était en train d'abattre leur
nouvelle idole, de punir de coups vicieux
l'adolescent blond au visage de fille, fut
un objet de haines meurtrières, réunit
contre lui tout ce qu'il y avait là de violence latente.

Après avoir épuisé toutes les injures
et tous les qualificatifs obscènes de leur
vocabulaire, les spectateurs ivres de rage

crachaient en écumant la suprême insulte :
« Bâtard !... Damné bâtard ! »

Et comme un refrain revenait la pro-
testation exaspérée :

« Foul !... Il a frappé au-dessous de la
ceinture... Foul ! »

Autour des cordes du ring il y eut de
courtes et violentes bousculades ; des furieux qui tentaient d'intervenir s'écrou-
lèrent sous les poings massifs des soigneurs
et des satellites.

Sous la lumière aveuglante des lampes
électriques, au milieu du tumulte à son
paroxysme, sous les cris incessants de :
« Foul ! » et de : « Bâtard !... Damné
bâtard ! », Bill White, oublieux de tout
cela, tout entier à son ouvrage, acheva
l'adolescent blond qui titubait. Trois fois
il l'envoya rouler à terre ; la troisième
fois sa tête sonna contre les planches du
ring et il resta couché, les bras en croix,
svelte et blond, pareil à un éphèbe que la
fatigue a surpris et terrassé au milieu
d'une tâche trop dure.

Pendant quelques instants le tumulte

redoubla de violence, remplissant la salle
d'un tintamarre tel qu'aucun cri ne s'y
distinguait plus ; puis en peu de secondes
et comme par enchantement, il tomba.
Tous les yeux étaient tournés vers le ring ;
l'on avait vu Bill White, après un regard
jeté sur son adversaire vaincu, relever
la tête et regarder autour de lui avec un
sourire de bonheur simple ; et quand la
lumière crue tomba sur son visage elle
éclaira un masque si hideux, si épouvan-
tablement défiguré par le combat, si semé
de boursouflures noirâtres et de plaques
de chair à vif, que toute la fureur montée
vers lui tomba soudain.

Il y eut un silence ; puis des voix dirent
doucement :

« Tout de même ! C'est un garçon qui a
du courage... »

La banqueroute inattendue du jeune
champion, la défaite de leur favori devinrent quelque chose de juste, un verdict
selon leur cœur, en regard de l'entêtement héroïque et brutal qui avait apporté
la victoire à Bill White le défiguré.

On répéta : « Il a bien mérité de gagner, voyez-vous, parce qu'il s'est bien obstiné. »

Cet éloge de la suprême vertu britannique sortait des bouches qui tout à l'heure hurlaient des menaces et des injures forcenées. Bill White, que ses soigneurs entraînaient vers son coin du ring avec des cris de triomphe, souriait toujours d'un sourire enfantin, hideux et magnifique, de sa bouche aux lèvres écrasées d'où coulait un mince filet de sang.

Lord Westmount et le Major se trouvèrent sur le trottoir de Whitechapel Road. Il restait encore un combat à livrer et le gros du public, qui tenait à ne rien perdre du spectacle, n'était pas encore sorti. Leur auto les attendait ; ils donnèrent au chauffeur l'adresse d'un de leurs clubs.

En se laissant tomber sur les coussins, le Major dit d'un ton de mépris profond :

« Des femmelettes, je vous le dis ! On

ne fait plus que des femmelettes aujour-
d'hui ! Vous avez vu ce garçon qui ressemblait à un boxeur et qui est tombé
en pâmoison dès qu'il lui est arrivé une
pichenette ou deux dans le panier à pain.
Ah ! Que diraient de tout cela les grands
ancêtres : Tom Cribb et Jem Belcher,
et les autres ? »

Mélancoliques, ils regardaient tous les
deux les maisons de Whitechapel Road
défiler des deux côtés de leur voiture.
Ce n'était pas le petit Joe Mitchell qui
rosserait les mangeurs de grenouilles ni
les mâcheurs de chewing-gum. Il ne savait
pas encaisser : vice rédhibitoire ! En songeant à tout l'argent du Syndicat, qui
restait encore inutilisé, et à la décadence
pugilistique des hommes de leur race,
une tristesse rageuse les accablait. Et de
l'autre côté du détroit les champions poussaient en France comme des champi-
gnons, jeunes, ardents, déjà pleins de
mépris pour les cogneurs d'Albion.

Un rassemblement sur la chaussée, autour d'une grappe humaine qui oscillait,

fit ralentir et arrêter l'auto. Curieux, ils se penchèrent hors de la portière pour voir.

Deux policemen, hauts de six pieds, tenaient un homme entre eux, lui tordaient les bras et le poussaient de toutes leurs forces pour le faire avancer, et lui s'arcboutait et résistait avec des coups de reins qui secouaient les deux colosses de la tête aux pieds. Autour d'eux la populace de Whitechapel se bousculait, insultant et maudissant à mi-voix les policiers, mais craignant d'intervenir, car les ruffians de Londres n'ont presque jamais d'armes : dans une rixe ils ne se servent guère que de leurs poings ou de la boucle de leurs ceintures, et à ce jeu-là il faut être de première force pour oser résister aux géants de la Police métropolitaine, qui connaissent comme personne et utilisent sans vergogne les coups mauvais et les prises qui disloquent les membres.

D'ailleurs les coups de sifflet d'appel avaient déjà retenti, et au moment où

l'auto de Lord Westmount et du Major
s'arrêtait près du groupe, un troisième
policeman à carrure formidable arrivait
en courant, trouant 'a foule à coups de
poing sans se souc... des cris et des
plaintes.

« Tiens ! — fit le jeune lord — Johnson,
l'amateur ! »

On sait que la police de Londres a de
tout temps fourni au monde du sport
nombre d'athlètes poids lourds de marque,
et le troisième policeman n'était autre en
effet que « Seize-stone Johnson », second
des championnats amateurs de cette année.

Un de ses collègues, le voyant arriver,
voulut lui céder la place ; mais il desserra
son étreinte une seconde trop tôt, et
l'homme qu'il tenait en profita. D'un
geste brusque il se dégagea de ce côté ;
libre d'un bras, il virevolta sur le talon
avec une torsion rapide des reins, lan-
çant son poing en demi-cercle si vite et
si juste que le policeman qui le tenait
encore, atteint à la mâchoire, tituba et le

laissa s'échapper. Déjà les deux autres se jetaient ensemble sur lui ; mais ce qui se passa alors laissa les spectateurs stupéfaits, intrigués comme par un escamotage.

Une volte ; deux gestes ; sans plus, accompagnés d'un déplacement rapide des pieds. Deux gestes courts, faciles d'apparence comme les mouvements d'un jongleur, si prestes qu'aucune force ne s'y laissait voir, mais dont l'effet fut incompréhensible et soudain.

Le premier des policemen, touché à l'estomac, à deux pouces au-dessous du troisième bouton de son uniforme, par un poing qui jaillit et disparut comme un piston de moteur, tomba en avant, la figure contre terre, avec un hoquet bref ; et « Seize-stone Johnson » vint se jeter de tout son élan et de tout son énorme poids contre un autre poing qui parut lui accrocher la pointe du menton, fit faire à sa tête un quart de cercle et le coucha sur l'asphalte, aussi parfaitement inanimé que le bloc de granit des carrières de Portland qui bordait le trottoir voisin.

La dernière scène de cette tragi-comédie resta toujours incompréhensible pour bien des gens.

Le gaillard qui venait de maltraiter aussi brutalement les constables de Sa Gracieuse Majesté était un pauvre hère mal vêtu, évidemment de basse origine et n'ayant assurément aucune parenté avec le plus humble des baronets. Pourtant des témoins dignes de foi affirment avoir vu une somptueuse limousine, portant des armoiries sur la portière, recueillir presque aussitôt ce déguenillé et l'emporter à une allure vertigineuse, cependant que deux impeccables gentlemen en habit noir lui tapaient sur l'épaule avec toutes les marques du plus fol enthousiasme et de la plus tendre amitié.

III

Trois jours plus tard Lord Westmount disait à brûle-pourpoint à quelques-uns des membres du « British Champion Research Syndicate » :

« Je crois que nous tenons un homme, cette fois... »

En réponse à leurs questions pressées, il leur raconta, en glissant pourtant sur certains détails, l'histoire de leur exploration dans Whitechapel et de leur découverte. Sur la biographie de leur trouvaille avant le soir fatidique, il crut inutile de donner des renseignements, et à vrai dire elle n'eût intéressé que médiocrement ses aristocratiques auditeurs, car c'était tout uniquement l'histoire d'un enfant et d'un adolescent des bas-fonds de Londres, his-

toire à la fois tragique et terne, et qui peut
se résumer ainsi.

Patrick Malone, malgré l'origine irlan-
daise qu'indiquait son nom, était un enfant de l'East End de Londres, et c'est
là qu'il avait grandi. Sa mère restée veuve
de bonne heure, avait épousé en secondes
noces un charretier ivrogne qui la battait
copieusement, elle et les enfants de son
premier mari. Cela n'avait pas grand in-
convénient en ce qui la concernait, car
en robuste commère aux poings massifs
qu'elle était, elle s'entendait fort bien
à se défendre et même parfois à prendre
l'offensive quand une dose généreuse de
gin, le samedi soir, jour de paye, lui donnait l'humeur belliqueuse.

Mais les enfants, dont Patrick, l'aîné,
n'avait pas onze ans à cette époque, ne
pouvaient guère que se sauver en hurlant
autour des tables, éviter tant bien que
mal les coups de boucle de ceinture que
leur beau-père envoyait dans leur direction, ou, quand sa colère était plus dan-
gereuse encore que d'habitude, fuir la

maison et aller dormir dans un hangar
voisin sur de vieux sacs disposés dans une
voiture à bras. Les meilleures semaines
étaient celles où le chiffre de sa paye per-
mettait à leur ennemi de ne quitter le
public-house voisin qu'ivre-mort et par
conséquent incapable de leur nuire.

Cela durait du samedi soir au lundi
toutes les semaines. Quarante-huit heures
de beuverie et de coups : les parents ren-
traient à minuit en titubant, parfois tendre-
ment enlacés et chantant à tue-tête :
« *Let's all go down the Strand !* » ou quelque
autre refrain du moment ; parfois, le
plus souvent, ne faisant que continuer
dans l'escalier et dans leur chambre une
querelle commencée dehors, qui finissait
invariablement en bataille sauvage : coups
de pied faisant un horrible bruit mat sur
la chair ; ustensiles de ménage ou bouteilles transformées en massues ; clameurs
aiguës de femme qu'on assomme ou
jurons forcenés d'un homme que des doigts
ivres cherchent à éborgner.

Le mardi matin il ne restait plus que

juste assez d'argent pour acheter du pain,
un peu de margarine et une once ou deux
de poussière de thé. Pendant le reste de
la semaine les batteries bruyantes étaient
donc remplacées par un silence d'hostilité sournoise, coupé d'accès brusques de
fureur devant lesquels les quatre enfants
sales et déguenillés s'égaillaient au plus
vite, parant les coups de leur mieux,
et prompts déjà à murmurer derrière
le dos tourné de leur bourreau des menaces ou des injures obscènes.

Un jour un frère de leur père mort,
chauffeur à bord d'un cargo-boat, vint
les voir. En son honneur l'on mit, non
pas les petits plats, mais les petits pots
dans les grands, et le public-house du
coin, à l'enseigne du « Duc de Clarence »,
fit des affaires d'or. Plusieurs semaines
de paye accumulées au cours d'un long
voyage fondirent en ripailles si magnifiques que toute la famille, y compris les
quatre enfants, fit connaissance avec les
boissons de riches : whisky et brandy de
marque, et bière en bouteille, au lieu du

gin coutumie^ et du mélange de « mild »
et de stout rapporté dans des pichets.

Puis l'oncle chauffeur, un soir d'ivresse,
vit le chef de famille frapper à coups de
souliers à clous les enfants de son frère,
et en conçut une fureur aussi terrible
qu'inattendue.

·La bataille qui prit place ce soir-là
dans la pièce étroite, parmi les meubles
renversés, fut d'une sorte que les mou-
tards n'avaient encore jamais vue : une
lutte sans cris ni injures, sinistrement silencieuse, qui laissa le beau-père à terre,
étrangement immobile, bientôt froid, et
fit de l'oncle un spectre blafard d'épou-
vante tardive qui sortit de la pièce à recu-
lons et descendit l'escalier sans bruit
pour disparaître à jamais dans le laby-
rinthe de l'East End et des docks.

Or, la cervelle d'enfant du petit Patrick crut comprendre que c'était sa querelle à lui que l'oncle avait épousée, qu'il
était donc responsable aussi de cette immo-
bilité rigide dont il sentait confusément
l'horreur, et après avoir tremblé de peur

pendant toute une heure dans la pièce
obscure où il était resté seul avec le ca-
davre, il se glissa hors de la maison et
disparut aussi.

Ce que sa vie fut pendant les quelques
années qui suivirent? La vie de plusieurs
centaines de gamins de son âge qui peuplent les recoins obscurs de la cité géante,
qui ont quitté ou perdu leur famille et
qu'un instinct sauvage pousse à priser
par-dessus tout et à conserver à tout prix
leur liberté, même lorsqu'elle ne leur
apporte que la faim presque incessante
et l'asile impitoyable de la rue. Il n'est
pas un quartier de Londres qui n'en
abrite un contingent ; mais c'est surtout
du côté des docks qu'ils pullulent, parce
que les hangars, les entrepôts, les nombreux espaces à moitié déserts, leur four-
nissent des refuges, et qu'ils trouvent
aussi de ce côté mille occasions de gagner
quelques pence ou de faire main basse
sur quelque victuaille.

Le petit Patrick fut un de ces boys
déguenillés qu'abritent la nuit les maisons

en construction, les hangars ou les porches,
et qui tout le jour promènent leur indé-
pendance dans les rues, toujours aux
aguets, rusés, alertes, également habiles
à éviter les policemen et à renouveler
chaque jour le miracle de ne pas mourir
de faim.

Il apprit à connaître l'East End et les
docks mieux qu'aucun détective ; il resta
parfois une année entière sans coucher
dans un lit ; il fut vêtu d'un veston troué
à même la peau, coiffé d'un melon trop
grand pour lui et irrémédiablement dé-
foncé, chaussé de souliers d'homme dont
les semelles rattachées avec des ficelles
l'abandonnaient plusieurs fois par jour.
Il vendit des journaux dans Shoreditch,
cira des bottes dans Aldgate, porta des
valises aux alentours de la gare de Fen-
church Street, tint la tête des chevaux
devant les public-houses. Il se nourrit
de bananes gâtées ramassées dans le ruisseau devant les boutiques de fruitiers,
de trognons de pain rassis, de rogatons
de toutes sortes, ne s'offrant que rare-

ment, aux jours d'abondance, une portion
de pudding au suif ou une assiettée de
saucisses et de purée de pommes de terre
à deux pence et demi chez Lockharte.

Et le miracle fut que cette vie de vagabondage et de semi-famine perpétuelle
lui façonna un corps robuste aux membres
tressés de fortes lanières, et lui donna
une constitution pour laquelle la fatigue
et le froid, et les nuits passées sur le
bois ou la pierre, étaient des choses sans
importance et sans danger.

Quand il eut un peu grandi et qu'il lui
devint plus facile de gagner çà et là
quelques shillings et de manger à sa
faim, sa croissance fut celle d'une plante
en mai, et quelques mois firent de lui
un adolescent à la poitrine profonde,
qui montrait dans chacune de ses attitudes et dans chacun de ses mouvements
l'équilibre incomparable des êtres sauvages que la sélection naturelle a laissés
survivre parce qu'ils étaient les mieux
faits pour le combat et la vie.

Il voulut être fort. Autour de lui il

voyait les forts vivre gras et heureux,
et les faibles souffrir, et il se fit du monde
et de la vie une conception incroyable-
ment simple, dont l'exactitude se confir-
mait à ses yeux chaque jour.

Dans les rues obscures du quartier des
docks où il vivait, la force et son usage
étaient les arguments ordinaires, et sans
recours. Il y a là des jungles formées de
ruelles, de terrains vagues, de maisons
croulantes et d'anciens entrepôts délabrés,
sur lesquelles la machine sociale n'a presque aucun pouvoir, et il existe de plus
parmi les gens qui peuplent ces jungles
une répugnance invincible à faire appel
aux forces de la loi, même pour leur
propre défense. De sorte qu'un homme
dont la charpente massive, endurcie, ne
craint pas les coups, et dont les muscles
savent les donner avec assez de violence
et de ruse, est libre et fort comme une
armée au cœur d'une ville au pillage.

Et quand le petit Patrick Malone se
souvenait de la rixe mortelle à laquelle
il avait jadis assisté et qu'il revoyait son

beau-père et son oncle tordus dans une
lutte sinistre et muette, il songeait au
meurtrier sans aucune horreur et même
avec une sorte d'admiration reconnais-
sante, parce qu'il avait eu là la première
image de la force, de la force qui vient
parfois venger les faibles après les avoir
torturés.

Un jour qu'il courait à toutes jambes
dans Whitechapel Road pour vendre des
journaux du soir, il vit un garçon de son
âge installé dans un recoin, entre un
public-house et la porte d'une usine,
où il vendait sans se donner aucun mal
plus de journaux que tous les coureurs
de la rue. C'était un emplacement que ce
garçon occupait depuis longtemps tous
les jours et dont la possession était devenue une sorte de droit tacitement re-
connu.

Patrick s'avança vers lui, posa les journaux qu'il portait au pied du mur, et dit
à l'autre garçon :

« Ote-toi de là ! »

A son refus, accompagné d'imprécations, il répondit par un coup en pleine figure qui fit jaillir le sang. La foule friande de pugilat fit cercle aussitôt, mais elle n'en eut guère « pour son argent », car en vingt secondes le légitime possesseur du coin était couché dans les ordures du ruisseau, crachant des dents, et quelques instants plus tard ses journaux venaient l'y rejoindre.

Un ouvrier qui avait vu toute la scène intervint alors, et l'instinct rudimentaire de justice qui existe à peu près partout sembla devoir se tourner contre le vainqueur. Son courage d'animal batailleur le sauva.

L'ouvrier qui protestait était un homme fait, plus haut que Patrick de toute la tête, bien qu'assez malingre d'apparence. Le garçon ne dit rien, mais serra les dents et se rua sur lui. Sa jeunesse endurcie et l'extraordinaire maîtrise innée en lui de l'art d'endommager un être humain, compensèrent aisément la différence de taille, et l'homme finit par tourner casaque, pris de peur presque superstitieuse devant les charges à la fois féroces et rusées de ce gamin.

La foule, ayant vu le plus petit des adversaires triompher de l'autre, oublia promptement la cause de la querelle et se dispersa satisfaite. Patrick Malone vendit désormais ses journaux entre le public-house à l'enseigne du « Roi Alfred » et l'usine Jenkins, Evans and C°, et continua à élargir de semaine en semaine, surtout maintenant qu'il faisait trois vrais repas par jour, avec une pinte de porter à chaque repas.

Au cours des années qui suivirent, il eut maintes occasions d'éprouver la suffisance des seuls arguments dont il sut se servir. Lorsqu'il faisait queue à la porte des docks parmi d'autres débardeurs et qu'un petit nombre seulement devait trouver du travail, Pat Malone, arrivé le dernier, était toujours parmi les premiers à entrer. Il acquit promptement dans ce milieu une réputation un peu légendaire, car il semblait y avoir quelque chose de surnaturel dans l'inégalité flagrante de toutes

les batailles où il jouait un rôle. Au milieu
des pauvres hères chétifs, comme parmi
les « bullies » ordinaires des docks, il semblait un être physiquement à part, aussi
redoutable pour eux que l'est un loup
pour des chiens sur qui aucune sélection
n'a agi et qui ont dégénéré dans le ser-
vage.

Fatalement il devait un jour ou l'autre
entrer dans le ring ; le hasard, en le conduisant sur le chemin de Lord Westmount, lui épargna les débuts pénibles
des pugilistes obscurs.

Chose qui pourra paraître étonna te
à ceux qui connaissent mal le peuple
anglais, cet adolescent brutal ne songea
jamais un seul jour à voler, ni à mendier,
ni à vivre des gains d'une femme.

IV

« Où diable nous menez-vous ? » demanda Sladen.

Un long cortège d'autos particulières et de taxis venait de quitter Southwark Road et s'enfonçait dans les ruelles étroites de Deptford. Les habitants du quartier regardaient passer ce défilé avec un mélange de stupeur et d'admiration et se demandaient quelle cérémonie : visite princière ou inauguration — amenait cette invasion de « toffs ». Après un long parcours dans des rues où jouaient d'innombrables enfants déguenillés, où des commères aux bras nus encore humides d'eau savonneuse sortaient sur le perron de leurs petites maisons délabrées pour jouir du spectacle inattendu, l'auto qui portait Lord Westmount, le Major, Sladen et le banquier Rubinstein s'arrêta devant une petite porte ; les voitures qui suivaient vinrent se ranger à la file le long du trottoir boueux.

« Suivez-moi, gentlemen ! » cria Lord Westmount en poussant la porte. En groupe ils traversèrent une cour au sol de bitume, puis franchirent une porte.

Ils se trouvèrent alors à l'extrémité d'une sorte de grande halle haute de plus de trente pieds, dont le toit formé de longues poutres métalliques arrondies, était percé de nombreuses baies vitrées. Elle paraissait d'autant plus vaste qu'elle était complètement vide ou semblait l'être au premier coup d'œil.

Par petits groupes, regardant autour d'eux avec curiosité, les invités de Lord Westmount avancèrent, et lorsqu'ils furent arrivés à l'autre extrémité, qui n'était qu'une immense baie à moitié ouverte, un cri d'étonnement leur échappa.

Ils se trouvaient là au bord de la Tamise, dont les eaux grises roulaient à vingt pieds au-dessous d'eux ; non pas la Tamise do-

mestiquée et pomponnée qui traverse le
Londres élégant, mais le grand fleuve tel
qu'il est au-dessous du dernier pont,
transformé déjà en un port immense,
flanqué de docks de toutes parts, peuplé
de vapeurs venus de tous les coins du
monde.

La marée montait, venant de l'embouchure lointaine, et des chalands montaient avec elle lentement, longeant les
grands steamers amarrés ; le temps était
nuageux, mais clair pour Londres, et le
grand courant de vent salé qui suit la
marée apportait là un souffle du large dont
les poumons se gonflaient instinctivement,
aspirant l'air froid et vivifiant, chargé de
force, qui s'engouffrait par la baie ouverte.

« Eh bien, gentlemen ; que dites-vous
de nos quartiers d'entraînement ? »

A cette question de Lord Westmount
ils écarquillèrent les yeux, et se souvinrent
alors qu'il devait leur montrer ce jour-là
un local et un homme ; le local les éton-
nait un peu.

En regardant plus attentivement ils
virent qu'une douzaine de punching-balls
de tous les systèmes étaient installés le
long des murs, de même que des exten-
seurs en caoutchouc et des séries de petites
haltères ; à une poutre pendaient deux
sacs de la grosseur du corps d'un homme
et remplis de sable ; dans un coin se
dissimulait une planche à inclinaison va-
riable munie de poignées ; enfin quatre
trous dans le plancher, garnis de cuivre,
étaient évidemment destinés à recevoir
les poteaux du ring. Une véritable salle
d'entraînement, mais dont les dimensions
colossales déroutaient au premier abord.

« Ce n'est pas la place qui manque ! » fit
le jeune lord. — « Et quant à l'aération !... »

Il désignait d'un geste la baie ouverte
par où le vent venu du large s'engouffrait. Peu à peu ses compagnons se sentaient pris d'enthousiasme.

« Un ancien entrepôt désaffecté, évidemment — dit le banquier Rubinstein.
— Le loyer doit être une jolie somme ! »

« Il n'y aura pas de loyer, Mister Ru-

binstein — répliqua le lord avec une
nuance de mépris. — Le terrain et le
bâtiment m'appartiennent... »

D'un geste négligent il désigna les
colossales constructions qui bordaient la
Tamise à perte de vue.

« De ce côté-ci, jusqu'au pont de la
Tour, là-bas, le bord du fleuve est à
moi. »

Presque tous ses auditeurs étaient des
hommes puissamment riches, miliion-
naires ou presque millionnaires, dans un
pays où ne sont millionnaires que ceux qui
comptent vingt-cinq millions de francs ;
pourtant cette phrase lancée négligemment par le plus millionnaire d'entre eux
ne manqua pas de les impressionner.

Il leur vint une sorte d'orgueil collectif,
en songeant à la fois aux ressources dont
ils disposaient et au but qu'ils s'étaient
fixé ; et une fois de plus il leur parut
impossible que le succès ne vint pas,
et bientôt. Car ils étaient tous habitués
à voir promptement apparaître devant
eux ce qu'ils avaient désiré et commandé,

et cette fois ils s'étaient mis vingt pour
commander... : un champion ! Plusieurs
de préférence ; mais au moins un, de
suite, qui rossât les « forinners » méprisés
et rétablît le prestige souverain de la
vieille Angleterre.

C'était comme si vingt potentats avaient
donné ensemble leur ordre unique, impérieux :

« Apportez-nous l'homme qu'il nous
faut, et damnez la dépense ! »

« Par ici maintenant, gentlemen ! » fit
Lord Westmount, et ils comprirent qu'on
allait leur montrer l'homme en question.

Une petite porte s'ouvrait dans un
des côtés de l'immense salle, et donnait
accès à une suite de petites pièces, où ils
pénétrèrent. Elles étaient aménagées l'une
en vestiaire, l'autre en salle de douches,
avec un lit de massage. Tout cet aména-
gement était si manifestement neuf qu'il
donnait l'impression d'être terminé de
la veille, et cela était presque vrai : car
les fournisseurs qui avaient reçu de Lord
Westmount l'ordre péremptoire de faire

le nécessaire, en quarante-huit heures,
sans qu'aucune limite de coût leur fût
imposée, avaient obéi aveuglément et bien.

Dans le vestiaire il y avait trois hommes,
tous trois vêtus de pantalons de flanelle et
d'épais sweaters blancs.

« C'est celui-là ! » dit le jeune lord en
désignant l'un d'eux ; et les membres du
« British Champion Research Syndicate »
firent cercle et examinèrent gravement
de la tête aux pieds, comme un animal
rare, Pat Malone qui les regardait en souriant largement.

L'indication de leur guide était d'ailleurs superflue. Les trois hommes en
sweater étaient à peu près de la même
taille, tous trois puissamment charpen-
tés et doués tous trois du facies qui marque
clairement, bien que d'une façon indéfi-
nissable, le pugiliste né ; mais tous les
gentlemen assemblés là eussent deviné
au premier coup d'œil que deux des trois
n'étaient que des figurants, des com-
parses, et que c'était Patrick Malone qu'ils
étaient venus voir.

Les vêtements sommaires qu'il portait ne suffisaient pas à dissimuler les
lignes de son corps, ni surtout l'équilibre
frappant de toutes ses poses et la précision
singulière, facile et qu'on sentait pourtant
irrésistible, de ses mouvements. Mais son
masque seul l'aurait désigné à leur attention.

Il était le plus jeune des trois hommes
qui se trouvaient là, et sa figure était
encore celle d'un adolescent, bien que
les lignes en fussent nettes et fortement
tracées. La jeunesse de cette figure était
encore accentuée par l'expression qu'elle
portait d'ordinaire, qui était curieusement simple et hardie — celle d'un jeune
sauvage ingénu. Il s'en dégageait surtout
une extraordinaire vitalité, un aspect de
violence joyeuse qui faisait comprendre,
sans doute possible, qu'en combattant
il remplissait sa fonction naturelle, et que
combattre était pour lui à la fois une voca-
tion et une volupté.

Ses yeux gris-bleu, un peu longs, se
fermaient souvent à demi et prenaient

alors un air de ruse ; sa bouche était longue
aussi, avec des lèvres minces toujours
serrées et qui souriaient même sans s'ouvrir ; au-dessous de la bouche le menton
descendait comme une falaise, s'épanouis-
sant en une mâchoire trop forte d'ossature, trop ca rée de dessin, qui gâtait
l'ensemble d'un masque qui sans cela
eût été beau, mais lui donnait un air de
force agressive et de ténacité.

Bon enfant, amusé, il souriait en regardant l'un après l'autre les gentlemen
rangés devant lui, et malgré le sourire
simple et la jeunesse de ce garçon, ils se
sentaient un peu gênés sous son regard,
troublés vaguement comme le seraient
des êtres foncièrement domestiqués en
présence d'une bête de proie.

Ce fut Sladen, un des dirigeants du
National Sporting Club, qui rompit le
silence.

« Combien pèse-t-il ? »

« Cent soixante-cinq livres actuellement
— répondit Lord Westmount. — Il fera
la limite des poids moyens, facilement. »

Après un nouveɑ   silence de quelques
minutes ɔt une nouvelle contemplation,
il reprit :

« Venez dans le gymnase montrer aux
gentlemen ce que vous savez faire, garçon ! »

Ils sortirent dans le grand hall et quelques instants plus tard Pat Malone les
suivait, ayant quitté son pantalon et son
sweater et ne gardant qu'un caleçon qui
allait de la mi-cuisse au nombril.

La vue de ce corps aux trois quarts
nu produisit sur chacun des gentlemen
assemblés un effet différent. Le banquier
Rubinstein écarquilla des yeux stupéfaits,
et, après un court examen, il jeta des coups
d'œil furtifs à ses voisins ; il ne savait
évidemment qu'en dire ni même qu'en
penser, et craignait de se rendre ridicule
en donnant une opinion avant de connaître la leur. Sladen, en vrai connaisseur
d'hommes qu'il était, étudiait l'un après
l'autre les muscles découverts, puis il
penchait un peu la tête de côté, les yeux
mi-fermés, et semblait juger l'ensemble.

Quelques-uns des autres membres du Syndicat poussèrent un long sifflement ébahi. Lord Westmount, l'air satisfait, contemplait le torse de Pat Malone comme s'il l'avait sculpté de ses propres mains.

C'était un torse dont l'aspect déconcertait au premier abord, comme s'il eut été anormal. Les épaules étaient larges, le thorax profond ; mais ce qui frappait surtout, c'était un développement inusité de certains muscles, et l'aspect d'autres muscles qui, d'ordinaire pleins et charnus sur la plupart des corps d'athlètes, semblaient chez Pat Malone rétrécis en lanières, réduits aux dimensions de fortes courroies, dont ils paraissaient avoir également la résistance sans limites.

Les deltoïdes, pectoraux et dorsaux, atteignaient des dimensions qui eussent été remarquables même chez un poids lourd très fortement construit, et ils formaient ainsi à la hauteur des épaules une sorte de cuirasse circulaire de muscles formidables, très détachés, saillant en relief au moindre effort, dont les faisceaux

entrelacés cachaient l'ossature du thorax
et des épaules. Au-dessous de cette ceinture puissante le reste du torse paraissait
s'amincir brusquement ; les flancs étaient
secs ; les plaques musculaires de l'abdo-
men se dessinaient comme des écailles
de tortue, et tout le long des côtes et des
reins chaque torsion faisait surgir sous
la peau des faisceaux de lanières et de
câbles. Les triceps étaient moyens, les
biceps presque nuls, de sorte que les
bras paraissaient grêles, mais grêles à la
manière des pattes de certains animaux,
qui ne font que servir d'outil aux muscles
épais des épaules — grêles et irrésistibles
comme le sont les pistons d'acier qu'une
machine fait jaillir.

Comparé aux beaux athlètes grecs que
le marbre a fait vivre parmi nous, Pat
Malone eût semblé disproportionné, presque monstrueux. La plupart des hommes
qui le regardaient, à qui la vue journalière
de corps nus à l'exercice avait donné
quelques connaissances d'anatomie et un
sens vif de la mécanique musculaire,

comprirent en effet qu'ils étaient en présence d'un être anormal, construit spécialement pour le pugilat ; et quand ils eurent senti cela il devint beau à leurs yeux, beau comme étaient beaux les « greyhounds », les « whippets » ou les bulldogs de leurs chenils, beau de la beauté des animaux spécialisés et sélectionnés pour un effort unique, et que les profanes jugent disgracieux et laids.

« Heu ! — fit le banquier Rubinstein d'une voix hésitante — est-ce qu'il n'est pas un peu maigre ? »

Sladen laissa échapper un éclat de rire bref.

« Un combat de boxe n'est pas un concours de bébés, mon cher ! Je conçois que vous préféreriez un garçon gras et rose; mais ce n'est pas cela que nous cherchons. »

Le Major, les mains à fond dans ses poches, regardait Pat Malone d'un air satisfait, tout différent de son habituelle expression méprisante et rogue.

« C'est un véritable Anglais d'autrefois — fit-il d'un air songeur. — Il paraît

qu'il y en a encore quelques-uns ! J'ai
souvenir d'avoir vu des musculatures
comme celles-là sur de vieilles estampes
de l'époque glorieuse des combats à mains
nues. Un vrai combattant — du moins
à en juger sur l'apparence — et pas une
de vos femmelettes qui ont également
peur des coups et des courants d'air. »

Sous le vent froid venant de la Tamise
qui s'engouffrait par la baie ouverte, Pat
Malone semblait parfaitement à son aise
malgré sa quasi nudité, et l'on eût dit
que ces souffles âpres redoublaient au
contraire sa vitalité et faisaient galoper
son sang plus vite dans ses veines, im-
puissants à entamer ce corps endurci.

Lord Westmount intervint :

« Travaillez un peu le ballon, garçon ! »

« Naturellement — expliqua-t-il — il
n'a pas encore l'habitude de ces choses-là
et ne s'entend pas aux fioritures comme
en font les cogneurs de music-hall ; mais
il va vous montrer une manière de se
battre avec les ballons que vous n'avez
encore jamais vue. »

Il y avait là une demi-douzaine de ballons, pendus à dix pieds l'un de l'autre à des plateformes circulaires accolées au mur ; plusieurs d'une autre espèce étaient attachés à la fois aux poutres de fer du toit et au plancher par des câbles élastiques ; d'autres enfin étaient montés à hauteur d'homme au bout de longues tiges flexibles qui oscillaient librement sur de lourds piédestaux de fonte.

Au milieu de ce régiment de sphères de cuir gonflées à bloc, semblables à des têtes suspendues, Pat Malone s'en alla rôder à foulées glissantes, les muscles lâches, les poings à la hauteur de la ceinture et prêts pour la détente, et puis tout à coup il serra les dents et commença à frapper.

Ignorant des règles, dédaigneux des jolis gestes à moitié retenus des virtuoses, il se rua parmi les ballons comme un terrier parmi des rats. Chaque coup atteignait un ballon, l'écrasait contre sa plateforme avec un choc qui menaçait de faire craquer les planches, le faisait rebondir

cinq ou six fois et osciller toute une minute, et déjà le frappeur avait passé à un
autre, et à un autre encore, parfois redou-
blant de l'autre poing, mais toujours
s'écartant aussitôt d'un saut bref et se
jetant en avant pour une autre détente,
une détente rapide comme un éclair de
lame, nette et brutale comme un coup de
marteau, produite avec une torsion brusque
des hanches et un déclanchement soudain des muscles anormaux de sa poitrine et de ses épaules, de tout ce terrible
mécanisme de cogneur.

Sa bouche aux lèvres minces s'étirait
en longueur dans une sorte de grimace
qui ressemblait un peu à un rire ; ses
yeux étaient à moitié fermés et luisaient
d'une lueur aiguë et rusée ; l'ossature
massive de sa mâchoire saillait sous la
peau du menton ; son cou épais s'était
contracté et il tenait la tête penchée en
avant, regardant devant lui par-dessous
les sourcils.

Clairement, il avait oublié où il était :
il se revoyait encore dans les ruelles de

Whitechapel ou de Shadwell, se débar-
rassant de deux policemen importuns ou
bien réduisant en une masse informe la
figure d'un homme qui avait osé l'affronter ou se croire son égal. Il frappait avec
une férocité joyeuse, tout entier à sa
tâche, absorbé par ce jeu de massacre
où sa violence native pouvait se donner
libre cours.

Le banquier Rubinstein le suivait des
yeux en faisant des grimaces inquiètes.
Il pensait : « Il a perdu la tête, évidemment ; et supposez qu'il vienne par ici ! »
Mais les autres membres du « British
Champion Research Syndicate » étaient
visiblement enthousiasmés. Ils appré-
ciaient le jeu de cette incomparable machine à frapper, et aussi cette mesure
dans l'effort, cette économie de mouvements qui marque les grands athlètes.

Pat Malone continuait à se mouvoir
parmi les ballons comme au milieu d'une
foule en panique, et chacun de ses coups
évoquait l'image d'un crâne ou d'une
mâchoire fêlés, d'un hoquet bref et d'un

corps couché à terre. Un ballon vint le frapper en pleine figure et fit jaillir le sang ; il rit, et d'une détente irrésistible cassa net la corde, envoyant la sphère de cuir rouler à l'autre bout du vaste hall. Puis il vint se camper en face du groupe qui le regardait, riant de la bouche et des yeux, un filet de sang en travers du menton, échauffé mais à peine essoufflé par l'exercice, joyeux comme un jeune barbare qui sort d'une tuerie.

Après un silence, Sladen dit en s'adressant à Lord Westmount :

« Vous aviez raison : c'est une trouvaille. Mais il faudra le voir dans le ring avant de pouvoir le juger définitivement. »

« Qu'à cela ne tienne ! — répliqua le jeune lord. — Jack Hoskins est là, et prêt à rendre service. »

Sur un geste de lui, les deux hommes en sweaters qui se trouvaient avec Pat Malone un quart d'heure auparavant apportèrent les poteaux du ring, les plantèrent dans les ferrures disposées à cet effet dans le plancher, serrèrent les tendeurs, et en deux minutes tout fut prêt, jusqu'aux serviettes jetées en travers sur les cordes dans les coins que les adversaires allaient occuper.

Puis un des deux hommes retourna au vestiaire et en ressortit presque aussitôt en costume de combat. C'était Jack Hoskins, un bon poids moyen de deuxième classe, surtout renommé pour son courage.

Sladen, son chronomètre à la main, annonça « Time ! » et les deux boxeurs, ayant revêtu des gants de six onces, s'avancèrent l'un vers l'autre.

Le bras gauche à moitié étendu, le poing droit à la hauteur du menton, dans la garde classique de l'école anglaise, Jack Hoskins s'avança en feintant. Il porta une première attaque, qui fut bloquée ; reculant de deux pas, il revint à la charge et plaça quelques coups inefficaces au cours d'un corps à corps. Un instant les deux hommes restèrent à demi enlacés, front contre front, poussant comme deux cerfs qui se battent, puis ils se séparèrent

et Jack Hoskins reprit sa tactique coutu-
mière, feintant du poing gauche, bien
couvert, et frappant à toute volée dès qu'il
croyait voir une ouverture.

Quelques-uns de ces coups se perdaient
dans le vide ; d'autres atteignirent la
nuque ou l'épaule sans produire aucun
effet ; deux ou trois seulement touchèrent
les parties vulnérables du torse ou de la
tête : Pat Malone reçut ces derniers sans
paraître les sentir, mais il baissa un peu
le front et ses lèvres serrées esquissèrent
un sourire dangereux.

Les gentlemen du National Sporting
Club qui, rangés autour du ring, regardaient surtout le débutant, avec une curiosité à laquelle commençait à se mêler
un peu d'impatience, s'aperçurent alors
qu'il n'avait pas encore frappé un seul
coup, ni reculé d'un seul pas.

Pendant une demi-minute il continua
à suivre tout autour du ring son adversaire comme s'il attendait un signal. Et
tout à coup il sentit le moment venu,
chargea, et le combattant fort et endurci

qu'était Jack Hoskins se trouva balayé
dans les cordes, soulevé de terre par un
coup du droit qu'il para à moitié, instinctivement, mais qui ne l'envoya pas moins
sur les genoux.

Mais Jack Hoskins, de Battersea, avait
le cœur attaché à la façon des bull-terriers
à qui il faut ouvrir les mâchoires avec des
leviers de fer pour leur faire lâcher prise.
Il n'y avait de place sous son crâne
épais que pour la confiance ingénue, in-
destructible, des batailleurs qui ne peuvent
même pas concevoir la défaite, avant
qu'elle ne soit venue. Au bout de cinq
secondes il était debout de nouveau et
reprenait aussitôt vaillamment son offensive inefficace.

Pat Malone lui laissa le temps de se
remettre ; puis après l'avoir suivi patiemment quelques instants, il déplaça les
pieds rapidement, rentra dans sa garde,
et frappa pour la seconde fois. Les spectateurs qui le suivaient des yeux, fascinés
et muets, entrevirent comme un éclair
le balancement rapide de son torse, la

détente souple et brutale des muscles
démesurés de ses épaules, le poing qui
jaillit..... et leurs regards durent alors
se porter sur Jack Hoskins, qui gisait
face contre terre.

Eventé avec des serviettes, arrosé d'eau,
frictionné par des mains expertes, il revint
à lui au bout de quelque temps ; et presque
aussitôt il donna libre cours à son enthousiasme.

« Il les battra tous — murmura-t-il,
encore un peu étourdi et les yeux vagues...
tous ! En cinq ans de ring je n'avais été
mis « knock-out » que quatre fois, et ce
garçon-ci, depuis quinze jours que je
travaille avec lui, me met régulièrement
« knock-out » deux fois par jour ! »

« Vous croyez qu'il battra Serrurier ? »
demanda une voix, et tous tendirent
l'oreille pour sa réponse.

Serrurier était la merveille pugilistique
de cette décade, le prodigieux Français
devant qui tous les poids moyens d'Angleterre et d'Amérique avaient dû baisser
pavillon.

« Serrurier est bon, — répondit Hoskins
d'une voix impartiale. Je l'ai vu faire,
et il n'y a pas à dire, il est bon !... Mais
quand ce garçon-ci lui aura placé un
« hook » à l'angle de la mâchoire, Môssieu
s'en ira rouler en boule dans un coin du
ring et restera là jusqu'à ce qu'on le ra-
masse. »

C'était la réponse qu'ils avaient désirée,
et ils se relevèrent tous avec une flamme
de plaisir dans les yeux. Enfin, la vieille
Angleterre allait redevenir suprême, et ils
allaient pouvoir reprendre et revêtir de
nouveau leur orgueil de race supérieure,
comme un vêtement qui n'était resté
démodé que quelques mois ! Ils se tournèrent vers Patrick Malone comme vers
un nouveau Messie, ayant tous dépouillé
pour le moment leur calme impertur-
bable, et cette froideur aristocratique qui
leur avait été inculquée à Eton et à
Oxford comme le seul air qui convînt
à des hommes de leur rang et de leur
pays.

Ils étaient tous avides de serrer la main

du jeune barbare de Whitechapel, tous prêts à lui promettre une tranche de leur fortune s'il leur rendait par ses victoires le droit de mépriser de nouveau les étrangers.

Le vent froid s'engouffrait toujours par la baie ouverte sur la Tamise ; la sirène d'un remorqueur mugit tout près ; d'autres appels de sirène et coups de sifflet lui répondirent, apportant dans le grand hall un écho de la rumeur des docks, la chanson journalière de Britannia, Reine des mers, déesse symbolique du plus grand empire que le monde ait jamais vu.

Et, joyeusement, les membres du « British Champion Research Syndicate » qui comptaient dans leurs rangs deux lords, trois baronets, deux banquiers et une demi-douzaine de roturiers dont les fortunes combinées atteignaient un quart de milliard, baptisèrent et acclamèrent à la fois comme leur protégé et leur idole : « Battling Malone — Espoir Anglais ».

V

« Eh bien, Pat, comment vous sentez-
vous ? »

« Splendide, Boss, splendide ! »

Pat Malone souriait au jeune lord de
toute sa forte mâchoire, les yeux brillants. Les membres du Syndicat avaient
pris l'habitude de venir assez souvent au
grand hall de Deptford pour suivre les
progrès de leur protégé et l'encourager ;
mais Lord Westmount venait plus souvent qu'aucun d'eux, et Patrick, de même
que les autres professionnels qui aidaient
à son entraînement, traitaient le jeune
aristocrate avec une familiarité où il entrait
un peu de respect, mais encore plus de
sincère camaraderie.

Lui aussi se sentait à son aise dans ce

milieu. Jusque-là il ne s'était mêlé au
monde des pugilistes qu'en protecteur un
peu dédaigneux ; mais depuis que les circonstances l'avaient amené à fréquenter
régulièrement Pat Malone, Jack Hoskins
et quelques autres, il s'était aperçu avec
un peu d'étonnement qu'il prenait un
plaisir réel à leur compagnie. C'était un
soulagement pour lui que de se délivrer
toute une heure du masque hautain et
compassé qu'il portait d'ordinaire et de
redevenir un homme, tout simplement,
et même un homme simple d'idées et
de manières, primitif, et doué d'une bonne
dose de brutalité joviale et saine.

Il retrouvait tous les jours les mêmes
hommes.

D'abord Steve Wilson, un poids lourd,
récemment libéré des Horse Guards, qui
n'avait pas eu le temps de se débarrasser
encore des habitudes militaires que sept
années de service lui avaient données.
Instinctivement ses talons se rappro-
chaient quand Lord Westmount lui adressait la parole, et à chaque réponse sa

main droite s'élevait, esquissant un salut
réglementaire que la réflexion arrêtait à
mi-chemin. Tout à fait dépaysé dans le
civil, il s'estimait fort heureux de l'emploi
qu'il avait trouvé là, encore que cet
emploi lui valût un nombre considérable
de horions, qu'il acceptait de bonne humeur comme d'inévitables corvées. Trop
lent et maladroit pour jamais devenir un
boxeur de classe, sa résistance phéno-
ménale et sa bonne volonté en faisaient
un compagnon d'entraînement idéal pour
le terrible cogneur qu'était Pat Malone.

Jack Hoskins était un pugiliste plus
habile, d'un type qui ne se rencontre
guère dans toute sa perfection qu'en Angleterre. Ce qui dominait en lui, c'était
une confiance indéracinable, enfantine,
d'ailleurs dépourvue de toute vanité, qui
le rendait absolument certain avant chaque
combat qu'il allait gagner. Battu dix fois
par le même adversaire, il aurait cherché
et accueilli avec joie l'offre d'une onzième
rencontre et serait entré dans le ring
débordant de foi en lui-même et prêt

à parier son dernier shilling sur sa propre
chance. Projeté dix fois à terre au cours
d'un combat, il se relevait dix fois, étourdi,
saignant, lamentable à voir, mais serein,
plein d'espoir, et sans que l'idée d'une
défaite possible fût venue effleurer un
seul instant son cœur indomptable et
simple.

Il y avait encore là Andy Clarkson,
l'entraîneur.

Andy Clarkson était un homme à charpente si massive que ses os s'imposaient
et le faisaient paraître maigre, malgré les
muscles puissants qui les revêtaient. Il
avait eu le nez cassé deux fois et en avait
gardé une déformation particulière qui
n'ajoutait rien à sa beauté. Ses maxil-
laires étaient épais et saillants, son menton
ressemblait à un mur : de petits yeux
enfoncés luisaient de chaque côté de son
nez aplati. Au demeurant paisible et peu
querelleur, il avait pourtant tous les attri-
buts extérieurs de la brute, de la brute-
type telle que la représentent, pour en
faire un objet d'exécration, les adversaires

du pugilat. Quand il parlait à l'un des jeunes hommes confiés à ses soins et qu'il lui donnait des conseils, ses petits yeux brillaient d'une lueur féroce, ses larges poings osseux se balançaient en gestes menaçants ; il semblait leur prêcher quelque évangile sanguinaire et violent... Et, en s'approchant, on entendait avec étonnement qu'il ne donnait à son élève que d'inoffensifs conseils d'hygiène ou bien qu'il lui enseignait une petite ruse anodine, quelque ficelle fûtée. Car il semblait ne s'occuper que des détails, ne songer constamment qu'à inventer quelque perfectionnement d'entraînement ou de tactique, quelque truc infinitésimal, qu'il expliquait avec des gestes violents et des regards chargés de sauvagerie agressive.

C'était d'ailleurs un admirable entraîneur, qui s'entendait également bien à enseigner à un débutant les finesses de la science du pugilat et à parachever sa condition physique par un régime approprié.

Pat Malone avait d'abord accueilli ses

ordres avec un scepticisme gouailleur et
parfois avec indignation. Quoi ! Plus de
platées de saucisses et de pommes de
terre en purée ! Plus de bonne bière mous-
sant dans les pots d'une pinte ! Plus de
puddings bouillis qui faisaient dans l'estomac une masse si satisfaisante ! A moitié
révolté, il protestait que toutes ces choses
succulentes ne l'empêcheraient pas de
cogner dur, et même il prédisait qu'un
régime trop strict allait saper sa force,
faire de lui un inoffensif squelette.

Mais peu à peu la bonne nourriture,
à la fois simple et choisie, à laquelle il
n'était pas accoutumé, le dosage méticu-
leux de sa boisson, sa vie saine et bien
réglée, firent monter en lui une telle
poussée de vigueur légère qu'il en fut
lui-même étonné. Il sut ce que c'est
que de se sentir si alerte et si puissant
que la marche semble une allure trop
lente, que l'on a envie de courir et de
sauter, et de frapper dans le vide, et
d'exprimer par des cris un peu de la joie
animale qui gonfle les muscles et les

artères. L'état physique d'un jeune athlète sain, intelligemment entraîné sans surmenage, et en parfaite condition, est une sensation unique au monde et si splendide que toutes les voluptés momentanées s'effacent devant elle.

A la question de Lord Westmount :

« Eh bien, Pat, comment vous sentez-vous ? »

Il répondait invariablement :

« Splendide, Boss, splendide ! »

Et son teint clair, ses yeux brillants et son rire de joie sauvage en disaient plus long qu'aucune réponse.

Puis le jeune lord s'asseyait et le regardait s'entraîner. Dans les intervalles de repos ils causaient ensemble sans trace d'embarras d'aucune part : Les combats du moment, les hommes sur qui le Syndicat avait l'œil et qui pourraient bientôt venir rejoindre Pat dans le grand hall d'entraînement du bord du fleuve, les nouvelles sportives de l'étranger — voilà ce dont ils parlaient ensemble ; et aussi des prochains débuts de Pat au National

Sporting Club, de ce qu'il ferait ensuite, de la carrière que l'on avait soigneusement tracée pour lui, sans hâte imprudente ; du jour où il battrait son premier Amé i-cain ; de cet autre jour où il ferait rouler à ses pieds sur les planches du ring Jean Serrurier, le Français...

Pat, qui n'avait d'abord vu dans son entraînement qu'une sorte de jeu profitable et qui convenait à ses instincts, en venait peu à peu à se faire de sa tâche une idée nouvelle, vaste, bien qu'encore un peu confuse.

Ces gens de la haute qui venaient le voir et s'intéressaient si prodigieusement à lui ; tout cet argent qu'on dépensait pour lui ; l'avenir qu'on lui laissait entrevoir, s'il répondait aux espérances, l'avenir vague mais superbe, plein d'argent et d'honneurs..... La cervelle rudimentaire de Pat Malone finissait par se forger une vision un peu ahurissante d'une mission sacrée à accomplir, de tout un peuple mettant sa confiance en lui, de Britannia en personne, Britannia au casque à long

cimier, son trident à la main, fixant sur lui
son regard auguste et lui enjoignant de
rosser les « forinners ».....

« Damnez-les ! — se disait-il à demi-
voix. — Il faudra que je les rosse ; c'est
clair !... Je me demande s'ils seront plus
difficiles à rosser que le gros Jim, qui
déchargeait les bateaux dans le Dock des
Indes ?... »

Un jour quelques-uns de ses protecteurs amenèrent avec eux un jeune homme
mince, élégant, qu'ils présentèrent à Pat
comme « un amateur. »

« Il faut vous habituer à tous les styles,
mon garçon — dit le Major. — Ce jeune
homme va faire quelques rounds avec
vous ».

Pat, amusé, et soucieux de ne pas faire
de mal à un jeune gentleman d'aussi
bonne mine, se contenta d'abord d'es-
quisser des feintes, qu'il se proposait de
faire suivre de quelques taloches amicales.
Un coup droit sur le nez, porté très vite
et avec une vigueur surprenante, l'arrêta
à mi-chemin. Il recommença plus pru-

demment, mais toujours avec une grande
modération.

Il n'avait que des idées assez vagues
sur ce que pouvait être la boxe des amateurs, et surtout des amateurs aristocratiques et soignés comme celui qui se
trouvait en face de lui. Une pantomime
menaçante, accompagnée de quelques
coups très anodins, lui parut être ce que
l'on attendait de lui.

Mais la pantomime ne sembla pas impressionner l'amateur le moins du monde,
et les coups ne l'impressionnèrent pas
davantage, attendu qu'aucun d'eux n'arriva à destination. Très calme, il parait,
esquivait et ripostait par des coups rapides et directs comme des coups d'épée
qui paraissaient venir se poser sur la
figure de Pat Malone délibérément, après
réflexion faite. Un sur le nez, un sur l'œil
gauche, un troisième sur la bouche, qui
écrasa un peu la lèvre, et après ce troisième coup le choix de l'amateur était
fait et il borna son attention à la partie
inférieure du visage de Pat, qu'il parut

vouloir remodeler entièrement, à petites touches précises, penchant un peu la tête sur le côté comme un artiste qui contemple son ouvrage.

Cela dura deux minutes environ ; puis Pat vit rouge, et chargea. Pour la première fois de sa vie il comprit alors que les gens de la haute, les hommes qui s'habillent avec élégance, se promènent en automobile et parlent correctement, sans jurons ni fautes de grammaire, sont aussi capables quelquefois de se battre proprement. L'amateur reçut sa charge à mi-chemin, frappant des deux mains à toute volée, une flamme dans les yeux, et l'arrêta net. Cela se répéta deux fois ; puis la grosse voix du Major annonça « Time » et les deux hommes regagnèrent leurs coins.

Andy Clarkson en éventant Pat se rapprocha de lui comme s'il allait lui dire quelque chose ; mais il parut se raviser tout à coup et le laissa se relever, une fois la minute de repos écoulée, sans avoir ouvert la bouche. Ses petits yeux enfoncés luisaient et il regardait son élève avec curiosité, se demandant évidemment : « Voyons un peu ce qu'il va faire ! »

Ce que Pat fit d'abord fut de rectifier ses idées sur les capacités pugilistiques des gens de la haute ; ensuite il baissa le front, se protégea mieux, et décida que le torse bien dessiné de son adversaire était une cible tentante. Lorsqu'il vit arriver le prochain direct destiné à sa figure il baissa brusquement la tête, fléchit un peu sur les genoux, et frappa à l'estomac.

L' « amateur » laissa échapper le hoquet de suffocation qui indique que le coup a touché juste, et tomba sur les genoux. Posément, en vieux pugiliste, il prit six secondes de repos avant de se relever ; mais dès qu'il fut sur ses pieds il chargea à son tour.

Seulement dans un corps à corps, où les hommes frappent de près, à coups très courts, doublés et triplés, dont la force dépend surtout de la puissance des muscles de la poitrine et de l'épaule, la lutte entre ce jeune homme et Battling Malone devenait subitement inégale : c'était la bataille de la levrette et du bull-terrier. Pat se retrouva dans son élément. C'est ainsi qu'on se battait dans les ruelles de Hoxton ou les bouges du quartier chinois : une courte mêlée décisive, à se toucher, épaule contre épaule, pour laquelle il fallait l'à-propos vertigineux et l'acharnement des rixes.

Lorsqu'il s'éloigna des cordes du ring, contre lesquelles leur corps-à-corps avait eu lieu, il laissait son adversaire couché sur le ventre, inanimé.

Pendant qu'on le ranimait, Andy Clarkson chuchotait avec bonne humeur à l'oreille de son élève :

« Vous avez été très grossier avec le gentleman, Pat !... Comment, vous n'avez pas plus de respect que cela pour Mister Fitzmorice Hunt, de l'Université de Cambridge, et trois fois champion amateur d'Angleterre ! »

Patrick Malone, qui se mouchait dans sa serviette, écarquilla un peu les yeux,

Champion amateur d'Angleterre : tiens,
tiens ! Mais c'était un étudiant de Cambridge, un monsieur, élevé dans du coton
et qui ne s'était jamais battu que pour
rire ! Pat se sentit un peu humilié d'avoir
mis quatre minutes à le descendre.

De petites aventures comme celle-là
rompaient la monotonie de l'entraînement. Un peu plus tard on lui fit faire
de longues promenades sur route dans
la direction de New-Cross et de Greenwich, pour compléter sa préparation en
vue de son premier combat public.

De ce combat, lorsqu'il fut passé, Pat
ne garda qu'un souvenir très confus.

Dans le haïl d'entraînement il avait
longuement contemplé les photographies
de son adversaire, Jim Ellis, reproduites
dans *Boxing* ; avec Andy Clarkson et ses
autres entraîneurs il avait discuté les
péripéties probables de la rencontre ; on
lui avait tracé une tactique ; il était arrivé
au jour solennel dans l'état d'esprit d'un
écolier qui va passer un examen et s'ef-

fare de ne plus se souvenir de tout ce qu'il a appris... Les conseils d'Andy Clarkson sur d'innombrables points de détail ; les autres conseils que Lord Westmount, le Major et leurs amis lui avaient prodigués chacun à leur tour : il s'aperçut avec consternation, dans le vestiaire, qu'il ne lui restait rien de tout cela.

Puis le moment d'entrer dans le ring arriva, et dès son premier pas dans la salle du National Sporting Club, sa consternation s'évanouit devant une foule de sensations nouvelles.

Les plastrons de chemise des spectateurs, voilà ce qui le frappa surtout : les innombrables plastrons blancs étincelants, sertis dans les habits noirs, disposés tout autour de la salle en rangées uniformes... Les gens qui avaient amené là Battling Malone ne songeaient pas que c'était une révélation pour lui, quelque chose de totalement nouveau et d'impressionnant, tout cet entassement de foule élégante revêtue de la livrée de sa caste. Il n'en dit rien, naturellement ; mais le spectacle

de ces quinze cents hommes — lords,
baronets, banquiers et négociants de
la cité, avocats à la mode et officiers en
rupture de garnison — tous habillés de
noir et la poitrine cuirassée de linge
éclatant, donnait au jeune barbare brusquement arraché aux bas-fonds de l'East
End son premier aperçu d'ensemble sur
les « toffs », les hommes du grand monde
qu'à l'est d'Aldgate on ne connaît que
par ouï-dire, sans jamais les voir ; Pat
Malone en resta ébahi et singulièrement
troublé.

Puis Lord Westmount, qui causait familièrement avec ses amis, assis aux côtés
du referee dans les fauteuils réservés aux
dirigeants du club, vint lui donner une
tape sur l'épaule, avec quelques mots
d'encouragement. Dans le hall de Deptford, Pat traitait le jeune lord presque
en égal ; dans cette salle du National
Sporting Club, au centre de tous ces
cercles de plastrons blancs, ce simple
geste de bienveillance le laissa confondu.

Tous les yeux étaient fixés sur lui.

Son adversaire Jim Ellis était bien connu :
c'était un homme de valeur, mais qui
avait déjà été battu et le serait encore.
Il était classé définitivement et n'autori-
sait que des espoirs limités. Mais ce
nouveau venu était l'énigme, et tous les
regards s'efforçaient de le jauger avec
exactitude.

« Trop musclé ! — disaient les uns.
— Il est bâti comme un lutteur ! » Mais
d'autres faisaient « Non » de la tête, et
même ceux qui le dénigraient d'avance
étaient impressionnés par la silhouette
d'animal de combat, et la beauté étrange
de son masque à la fois ingénu et violent.

Des rumeurs avaient circulé dans les
couloirs et dans le fumoir du club ; l'on
avait raconté, avec force variantes, l'histoire de sa découverte et de sa préparation ; plusieurs journaux sportifs avaient
prédit à mots couverts une révélation
sensationnelle. Et l'on attendait.

De sentir autour de lui cette atmosphère de curiosité et d'attente, le pauvre

Pat, pour la première fois de sa vie, était intimidé.

Seulement sa timidité dura juste aussi longtemps que les préparatifs du combat, et dès qu'il fut debout, le premier coup de gong donné, et que Jim Ellis s'avança vers lui avec des gestes qui menaçaient, il oublia tout le reste du monde à la fois.

Et les quinze cents gentlemen assemblés dans leur club pour assister comme toutes les semaines à une démonstration des principes classiques du noble art de la défense de soi-même tels que le regretté marquis de Queensberry les a codifiés, prirent conscience peu à peu que ce qui se passait dans le ring était quelque chose d'inattendu et de peu usuel.

C'était l'intrusion au milieu de leur société polie et hautement civilisée de l'instinct primordial du combat, dépourvu de toute apparence de sport ou de jeu et de toute pantomime traditionnelle à laquelle ils étaient accoutumés. La méthode de combat du débutant était celle des animaux qui s'entretuent dans la forêt parce que c'est la grande loi, et à qui l'hérédité a donné l'instinct profond de la meilleure utilisation possible de leurs armes. Battling Malone avait d'eux les gestes avares, jamais faits en vain, terriblement simples et efficaces, et l'attitude d'attention concentrée, implacable, qui indique non pas le désir de briller dans un jeu, mais celui d'obtenir un résultat décisif dans un minimum de temps.

Le cadre artificiel de la salle et du ring, le public impeccable, les gants rembourrés qui amortissaient les coups — tout cela fut oublié, et ce que tous suivirent des yeux avec angoisse ce fut une bataille de jungle, la lutte inégale d'un homme et d'un animal meurtrier.....

VI

Le brouillard..... Il s'était abattu sur
Londres dans la nuit et avait tout noyé.
C'était le plus fort brouillard de l'hiver,
bien que tardif, une vraie purée de pois,
opaque, suffocante, au ras du sol, qui
paralysait aux trois quarts la vie de la
cité géante.

Sur toutes les lignes de chemin de fer
les trains venus à quarante-cinq milles
à l'heure d'Ecosse ou de Galles ou de la
côte sud entraient comme des boulets,
à quelque distance de Londres, dans
cette obscurité inattendue, et se voyaient
forcés de s'arrêter ou de n'avancer qu'à
une allure de tortue, sondant la nuit
jaune de coups de sifflet incessants, faisant halte lorsque leurs roues avaient
fait éclater les pétards placés sur les voies,

car tous les autres signaux étaient devenus
invisibles et inefficaces.

Dans les rues les cabs et les camions
allaient au pas ; les tramcars électriques
se suivaient à la file, guère plus vite, faisant résonner leurs timbres sans interrup-
tion, avec de longues haltes aux carrefours;
et les piétons s'en allaient le long des rues
en tâtonnant, se trompant de rue ou de
porte, se heurtant même aux réverbères
dont les lampes, pourtant brûlant à plein
gaz, semblaient de petites étoiles palotes,
perdues dans le brouillard à dix pieds
du sol, auquel rien ne paraissait les ratta-
cher.

Dans le hall d'entraînement de Deptford, Pat Malone et Andy Clarkson regardaient avec mélancolie le mur impal-
pable qui semblait s'être soudain dressé
devant les fenêtres fermées. Le spectacle
qu'ils avaient de là était celui du brouillard sur l'eau, qui est encore bien plus
lugubre que dans les rues. Les lumières
des navires amarrés étaient invisibles à
trente pieds, aucune embarcation ne se

risquait à sortir, et les remorqueurs, surpris avec leur convoi par le brouillard
en approchant de Londres, envoyaient
au loin des hurlements de sirènes pareils
à de grandes plaintes sinistres.

C'était un jour d'oisiveté forcée pour
Pat Malone, car le brouillard s'était in-
troduit partout malgré les fenêtres cal-
feutrées, et un entraîneur craint par-dessus
tout pour les hommes confiés à ses soins
cette atmosphère surchargée d'humidité
et de fumée, qui brûle la gorge et ne
s'amasse que trop facilement dans les
vastes poumons d'un athlète à l'exercice.

Tout à coup Lord Westmount fit irrup-
tion dans le hall.

« Je vous emmène, Pat ! dit-il. — L'auto
est à la porte ; allez vous habiller. Nous
allons sortir de cet air empesté ».

Un quart d'heure plus tard la limousine
du jeune lord roulait avec précaution
dans les rues de Deptford, frôlant une
collision toutes les minutes. Un peu plus
loin, dans des voies plus larges, ils purent
accélérer un peu grâce à la puissance de

leurs phares et à la trompe à trois notes
qui mugissait sans arrêt. En une demi-
heure ils avaient atteint la banlieue sud
où le brouillard était moins opaque, et
vers Croydon ils émergèrent brusquement
de la zone obscure pour se trouver en
plein soleil, un clair soleil de mars, sans
chaleur, qui paraissait radieux au sortir
de cet enfer jaune.

Lord Westmount, après une seconde
de réflexion, dit au chauffeur par le tuyau
acoustique :

« A Eastbourne... Tant que ça peut,
et ne vous inquiétez pas des contraven-
tions. »

Le moteur ronfla allègrement et la
limousine vola sur la route. Pat Malone
regardait par la vitre de la portière, fas-
ciné. Son compagnon lui demanda :

« Vous étiez déjà allé en auto, Pat ? »

« Oh oui ! répondit-il ; mais après un
intervalle de quelques secondes il ajouta
avec honnêteté. — ... C'est-à-dire... en
autobus. Mais ce n'est pas la même
chose. »

Lord Westmount rit avec bonne humeur. Assurément entre les autobus qui longent Whitechapel Road et Commercial Road, et sa limousine de douze cents livres sterling, il y avait une légère différence. Blasé comme il l'était, il enviait à Pat Malone sa fraîcheur d'impressions, la nouveauté merveilleuse que tous ces détails de luxe et de confort avaient pour lui.

Certains auraient essayé de ne pas paraître étonnés, de prendre des airs indifférents ou supérieurs ; mais Pat était d'une nature trop simple et trop forte pour ces petitesses. Il ne craignait pas de montrer son ébahissement et son plaisir ; penché en avant, les coudes sur les genoux, il regardait les haies défiler à toute vitesse, les champs et les bouquets d'arbres se succéder devant ses yeux ; puis il reportait ses regards vers l'intérieur de la voiture et se laissait aller un instant en arrière pour goûter le moelleux des coussins et des ressorts. Le trajet lui parut trop court, et Lord Westmount prenait plaisir aussi

à épier ses attitudes et ses airs d'enchantement.

Mais lorsqu'ils furent arrivés à Eastbourne par la route qui descend en pente
rapide après avoir franchi une colline
d'où l'on voit à la fois la ville et la mer,
d'autres sensations également magnifiques attendaient Pat ; l'hôtel où ils des-
cendirent, qui lui parut être l'édifice le
plus grandiose qu'il eût jamais vu ; les
domestiques en livrée qui ouvrirent la
portière et les escortèrent ensuite jusque
dans le hall d'entrée ; le luxe des décora-
tions et des meubles, les tapis épais ;
les gens qui les entouraient et dont ces
splendeurs étaient évidemment le cadre
habituel — Pat en fut ébloui.

Seulement son protecteur était là à
côté de lui, qui lui dirait où aller et que
faire et veillerait sur lui ; de sorte qu'il
ne se sentait guère gêné et qu'en quelques
minutes un peu de sa hardiesse d'enfant
du pavé lui revint. Il en eut besoin quand
ils pénétrèrent dans la salle à manger.

Elle était semée de petites tables rondes

autour desquelles des gens aux manières exquises mangeaient avec raffinement des choses inconnues. Beaucoup d'entre eux levèrent la tête quand les deux hommes entrèrent dans la pièce, et ce fut sur Pat que leurs regards s'attardèrent surtout. Son complet bleu provenait très évidemment d'un magasin de confections ; il portait de gros souliers à fortes semelles, et des manches de son veston ses poignets et ses mains saillaient comme des armes.

Il sentit leur curiosité étonnée et un peu offusquée, et d'instinct prit son masque de combat. Ses mâchoires saillirent, ses yeux se firent durs et hardis, et sa poitrine gonflée fit de son veston sans élégance un tel bloc que les yeux fixés sur lui s'écarquillèrent encore plus. Entre les rangées de petites tables, sur le tapis épais de la salle, il s'avança derrière son compagnon en se balançant un peu sur les hanches à chaque pas, formidable et presque menaçant, pareil à un chef barbare au milieu d'une ville romaine de la décadence.

8

Mais quand ils eurent pris place à une petite table isolée il implora l'aide de Lord Westmount.

« Eh, Boss !... Vous savez que je n'ai pas l'habitude de ces affaires-ci, moi ! Vous me direz que faire. »

« Mais oui, Pat, mais oui. »

« Et l'homme à la chemise blanche, qu'est-ce qu'il nous veut celui-là ? »

« Il vient prendre nos ordres, Pat. Dites-lui ce que vous voulez. »

« Est-ce que je peux avoir n'importe quoi de ce que je veux ? »

« Bien sûr ! »

Pat réfléchit longuement, songeant à la fois aux mets distingués qu'il était de son devoir de commander dans un pareil lieu et à certaines victuailles jadis aimées dont Andy Clarkson l'avait privé.

« Je veux... — finit-il par déclarer — une côtelette de porc, avec du pudding de pois et des pommes de terre. »

Lord Westmount réprima un sourire.

« Je crains — fit-il — qu'ils n'aient pas de pudding de pois ici, du moins je n'en vois pas sur le menu. Mais je vais vous commander des pois, Pat, et vous pourrez très bien les écraser avec votre fourchette...»

Quelques instants plus tard un autre garçon majestueux se pencha sur l'épaule de Pat.

« Quel vin Monsieur désire-t-il ? »

« Eh, quoi ? Du vin... Attendez un peu, Boss, oh, Boss !... Il me demande quel vin est-ce que je veux ? »

Le jeune lord ne put s'empêcher cette fois de rire tout haut de l'air d'effarement de son protégé.

« Eh bien, dites-lui, Pat ! Mais peut-être préférez-vous de la bière ? »

Hardiment Pat interrogea :

« Et vous, Boss, qu'est-ce que vous allez boire ? »

« Moi ? Je prendrai du Beaune. Beaune... c'est le nom d'un vin, Pat, d'un vin rouge. Je connais le Beaune de cet hôtel, et il n'est pas à dédaigner. »

Pat carra les épaules.

« Moi aussi... Je prendrai du... la même chose que vous, quoi ! »

Quand le sommelier se fut éloigné,
Pat Malone se félicita d'avoir traversé
heureusement toutes épreuves, et il se
disposa à faire joyeusement honneur au
festin. La côtelette de porc lui parut de
dimensions ridicules et il se promit de
demander autre chose ensuite. Le Beaune,
quand le sommelier l'apporta avec précaution, couché dans son panier, monopo-
lisa son attention.

Lord Westmount le surveillait avec un
sourire :

« Pat !... Pat !. N'oubliez pas que vous
êtes à l'entraînement ! »

« Pas aujourd'hui, Boss. C'est congé.
Et puis c'est la première fois que je bois
d'une chose comme ça, qui sort d'un
petit panier. »

Il s'arrêta court après la première ra-
sade.

« Ça... ça n'a pas grand goût ; on ne le
sent pas sur la langue. Mais c'est bon tout
de même. »

Quelques secondes plus tard, il répéta
avec plus de conviction :

« C'est bon tout de même ; ça fait chaud ! »

Il avait tout à fait oublié le public curieux aux mines offusquées. La côtelette de porc disparue il commanda des cailles, par curiosité ; déçu une fois de plus par leur exiguïté, il se rabattit sur le poulet, et en mangea à sa faim. Pas d'entremets : ces petites choses sucrées dans de petits plats ne le tentaient guère ; mais il goûta à plusieurs sortes de fromages, copieusement. Le Beaune avait été remplacé par un Pomard plus âpre, qui mordait mieux le palais. Pat, peu habitué à ces boissons, les jugeait si anodines qu'il les lampait à pleins verres, et insidieusement le vin riche lui versait sa chaleur dans les veines.

Lord Westmount s'amusait infiniment. A servir de guide à Patrick Malone pour cette première incursion dans la vie élégante, il éprouvait le même genre de plaisir que les hommes qui promènent dans les villes d'Europe un jeune chef Sioux ou Mandingue. Il goûtait à la fois

les surprises et les ravissements incessants de Pat, et l'étonnement que leur
camaraderie semblait susciter parmi les
tiers.

Il lui était déjà arrivé de se montrer
en public avec des célébrités sportives
de basse extraction, pugilistes, jockeys ou
athlètes, mais aucun d'eux ne l'avait
charmé comme Pat, et aucun ne lui avait
inspiré la même sincère affection. Car
chez cet enfant de l'East End, à côté de sa
brutalité native il devinait et appréciait
toutes sortes de qualités essentielles, vail-
lance, générosité, dévouement, profondément enracinées chez ce jeune barbare au
grand cœur.

Quand le repas fut terminé ils allèrent
prendre le café dans une galerie vitrée
qui dominait le large boulevard longeant
la mer. A cette saison les trains de plaisir
n'avaient pas encore commencé à amener
de Londres leurs contingents journaliers,
et les promeneurs appartenaient presque
exclusivement au monde des oisifs for-
tunés. Un cigare entre les dents, Pat

les regardait passer curieusement, puis
relevait les yeux vers la mer d'émeraude.

Tout à coup une voix de femme s'éleva
derrière eux.

« Hallo, Tom ! Est-ce que vous ne
m'avez pas vue, ou bien que vous me
reniez tout à fait ? »

Lord Westmount s'était retourné avec
une exclamation d'étonnement.

« Hallo, Bella ! Et que faites-vous donc
ici ? »

« Quel frère affectueux vous êtes,
répondit son interlocutrice avec un rire
harmonieux. — Voilà bien trois mois que
nous ne nous sommes vus, si je ne me
trompe, et vos premiers mots ressemblent
à un reproche. Est-ce que je vous dé-
range ? »

Son regard se posait sur Patrick Malone
avec une expression un peu moqueuse,
mais pleine de bonne humeur. Lui, em-
barrassé, s'était levé et se tenait immobile
et muet. Sa simplicité même lui évitait
les attitudes gênées et les mouvements
niais et gauches de beaucoup d'hommes

d'u peuple en présence de leurs supérieurs dans l'échelle sociale. Il restait debout, un peu raide, mais large et majestueux comme un guerrier vêtu d'une armure, et puisque cette femme le regardait il trouvait naturel de la regarder aussi. Ses yeux à elle, au fond desquels avait d'abord passé une lueur amusée, s'attardèrent un peu sur sa silhouette, sans déplaisir ; mais presque aussitôt elle se tournait de nouveau vers son frère.

Celui-ci désigna son compagnon d'un geste un peu gêné :

« Laissez-moi vous présenter.....Mr.Battling... Pardon : Patrick... Patrick Malone..., un de mes amis ».

Elle tendit la main à Patrick d'un geste souple, avec un sourire, qui s'accentua un peu quand les dures phalanges du boxeur se refermèrent fortement sur ses doigts.

« Vous êtes venus ici pour la journée seulement ? Moi je suis à Eastbourne depuis quinze jours, depuis mon accident. Car j'ai eu un accident. Ne vous

inquiétez pas, ô le plus affectueux des
frères ; ce n'était rien : une petite chute
de cheval au cours d'une chasse dans le
Leicestershire... »

Tout en parlant elle s'était assise à côté
de la table que son frère et Patrick occupaient, et ce dernier se rassit à son tour ;
après un intervalle toutefois, un intervalle
où il resta debout, les yeux fixés sur elle.
Comme elle s'adressait naturellement à
son frère, il put ensuite continuer à la
regarder.

Elle était grande, mince, mais mince
comme le sont certaines Anglaises entraî-
nées aux sports, qui sont fortement mem-
brées sans être très développées de la
poitrine ni des hanches. Son profil était
pur et net ; elle avait des lèvres un peu
minces, mais très rouges, d'un beau dessin, des cheveux aux reflets de cuivre,
des yeux clairs, beaux et froids. Son type
la rendait cousine germaine et presque
sœur des jeunes Anglaises décrites par
les étrangers, les girls jolies, mièvres et
sentimentales qui conduisent avec un

parfait décorum des flirts innocents. Seulement la ressemblance s'arrêtait là.

Avec toute sa grâce un peu froide et distinguée, elle se révélait au second coup d'œil douée d'une vitalité prodigieuse, d'une surabondance d'énergie qui se dépensait de mille façons différentes : sports excitants et dangereux, voyages constants, innombrables entreprises — et toutes ces dépenses de force nerveuse lui laissaient encore un tel surcroît de vitalité ardente, que cette vitalité lui tenait lieu de sentiment et de passion.

Un type de femme qui se rencontre en Angleterre plus fréquemment que ne le laissent soupçonner les romanciers à l'eau de rose, surtout dans les cercles sociaux sportifs et semi-aristocratiques, le monde de la chasse au renard, du turf et du yachting. Un type de femmes qui semblent froides et pures, et qui sont froidement impures ; c'est-à-dire qu'elles accumulent les aventures d'amour sans grand entraînement sensuel et sans y attacher d'importance, simplement comme une branche

secondaire de leur terrible activité, et
pour satisfaire leur curiosité et leur instinct de vivre avec intensité et avec hardiesse.

Elle continuait à causer avec son frère
à phrases un peu décousues, mais plai-
samment, en camarade. Patrick Malone,
oublié, la regardait de toutes ses forces,
franchement, avec une curiosité candide,
et ne prêtait aucune attention à leurs
paroles. Ils baissèrent pourtant un peu
la voix pour entamer des sujets plus in-
times.

« Et votre mari ? interrogea Lord Westmount. — Il est toujours... ? »

« Toujours sur la côte d'Azur ; mais oui.
Je le sais parce qu'il a gagné un prix de
tir aux pigeons la semaine dernière et
que j'ai vu son nom dans les journaux.
Autrement j'ignorerais toujours sa rési-
dence actuelle. Nos rapports sont à peu
près aussi serrés et aussi suivis que ceux
que j'entretiens avec vous : c'est **tout**
dire ! »

Elle rit de nouveau, d'un rire moqueur

mais harmonieux. Puis la conversation
glissa sur des sujets d'actualité, la chasse,
le golf, les faits et gestes d'amis com-
muns, la saison mondaine qui approchait,
et s'annonçait brillante. C'était de l'hé-
breu pour Pat, tout cela, ce dont ils parlaient et même les mots qu'ils employaient
pour en parler ; mais, chose curieuse,
cela le mettait parfaitement à son aise.
Il avait la sensation qu'il n'était pas
réellement avec eux, mais seulement à
côté d'eux, et indépendant comme un
spectateur.

Une histoire comme il y en a dans les
livres... voilà ce qui lui arrivait. Il se
trouvait miraculeusement transporté dans
le monde aristocratique et merveilleux
dont parlent les feuilletons des journaux
du soir. Souvent il avait lu ces feuilletons
par désœuvrement, après avoir consulté
les résultats des courses ou des matches
de football de la coupe d'Angleterre, et
devant ses yeux avaient défilé de jeunes
lords comme Lord Westmount, bons enfants et débonnaires, volontiers familiers

avec leurs inférieurs parce qu'ils avaient
conscience de l'abîme infranchissable qui
les séparait d'eux.

Et dans ces mêmes feuilletons, il avait
lu des descriptions de jeunes ladies prodigieusement belles, pétries de raffine-
ments inouïs, foncièrement différentes des
femmes du commun. Evidemment c'était
une de celles-là qu'il avait sous les yeux,
et il la regardait comme un spectacle.

Cette peau unie et fine comme un tissu
de luxe, ce beau visage sans défaut, ces
mains soignées — que tout cela était donc
beau à voir ! Mais plus beau encore peut-
être et plus émouvant, était le luxe pourtant simple que les détails de sa mise
révélaient : sa robe d'étoffe souple qui
donnait une impression de mollesse vo-
luptueuse, les torsades presque négligées
de sa chevelure, les diamants de ses
doigts...

Et voici que cette héroïne de feuilleton
lui parlait, à lui !

« Etiez-vous déjà venu à Eastbourne ? »

Quand il essaya de répondre, quelque

chose l'étrangla. Il toussa en détournant poliment la tête, et répondit ensuite d'une voix claire :

« Non, lady, jamais. »

Elle sourit de cette appellation respectueuse, et continua à sourire en le regardant, parce qu'il avait l'air attentif et simple d'un écolier qu'on interroge et qui s'efforce de répondre de son mieux, et que cet air faisait un contraste curieux avec ses yeux hardis et sa mâchoire massive. L'hommage muet d'admiration de ce jeune barbare ne lui était pas indifférent.

« Avez-vous quelque chose à faire ? demanda-t-elle en se retournant vers Lord Westmount. — Non ! Alors vous pouvez monter avec moi jusqu'au haut de Beachy Head pour respirer un peu le vent. Ma voiture doit être prête. »

Après un regard un peu hésitant dans la direction de Pat, Lord Westmount accepta, et quelques minutes plus tard l'auto les emportait tous trois, escaladant la côte abrupte qui monte d'Eastbourne vers le sommet du promontoire.

Assis face à la route devant ses deux compagnons, qui occupaient la banquette du fond, Pat Malone ne pouvait détacher ses regards d'un porte-fleurs fixé à la paroi, où deux roses trempaient dans un peu d'eau. Il sentait autour de lui cette atmosphère d'une voiture de femme élégante, qui est un peu une atmosphère de boudoir ; une bouffée de parfum arriva jusqu'à lui et lui fit monter le sang aux tempes. Lorsque la voiture, parvenue au faîte, s'arrêta, il sauta à terre avec une sorte de soulagement, un peu étourdi.

Derrière lui Lady Haïlsham descendit lentement, souriant encore du sourire énigmatique qui s'était formé sur ses lèvres pendant la montée, pendant que ses yeux erraient sur la carrure démesurée du pugiliste, ces vastes épaules musculeuses qui remplissaient la voiture plus qu'à moitié.

Dès qu'ils furent à terre, le vent les frappa en pleine poitrine, un vent qui venait du large, fort et continu. Et comme ils étaient tous trois d'une race saine et vigoureuse, endurcie au plein air et que le vent grise, ils se penchèrent contre cette rafale ininterrompue, pour conserver leur équilibre, et avancèrent jusqu'au bord de la gigantesque falaise à pic.

Pat, qui n'avait jamais vu la grande mer, regardait de tous ses yeux, les narines dilatées aussi pour aspirer la brise salée, et peu à peu il sentit une ivresse l'envahir.

« Boss..., — dit-il après un long silence. — Il faudra m'emmener ici de temps en temps, avant les grandes batailles... Ça m'aidera à rosser les étrangers. »

Lord Westmount crut le moment venu de dire à sa sœur ce qu'était Pat Malone.

« Notre ami que voici est boxeur, » fit-il d'un air tant soit peu gêné.

« Je m'en doutais ! » répondit-elle avec un sourire.

Mais presque aussitôt elle craignit d'avoir blessé le pugiliste.

« Il faut être fier de votre métier, Mister Malone ! — dit-elle en le regardant dans les yeux. — Nous autres gens du monde qui nous intéressons aux sports nous n'avons souvent pas assez de respect pour vous qui êtes en somme nos modèles et nos maîtres. Toutes les qualités que nous admirons le plus, le courage, et la loyauté, et la dévotion à un idéal difficile, c'est vous qui nous en donnez les meilleurs exemples. Beaucoup d'entre nous vous donnent un peu de leur argent et se croient quittes envers vous ; mais ceux qui sont justes reconnaissent qu'ils vous doivent aussi un autre tribut : un tribut d'estime fraternelle et d'admiration. »

Elle avait commencé à parler un peu froidement, comme par politesse, mais la figure du jeune boxeur tournée vers elle, avec ses yeux qui flambaient et son air d'émotion ingénue, parut l'inspirer peu à peu. Quand elle se tut ils restèrent tous les deux immobiles quelques secondes, croisant leurs regards. Entre cette jeune femme aristocratique et l'enfant de l'East End un lien surprenant exista quelques secondes, né de la rencontre de leurs deux natures pétries au fond de la même matière violente et hardie.

Ils restèrent tous trois une demi-heure sur la falaise, jouissant du vent salé, du spectacle de la mer houleuse, et suivant du regard les navires qui passaient presque à leurs pieds.

Au moment où ils allaient regagner la voiture, Lady Hailsham et Pat se trouvèrent seuls quelques instants.

« Dites... — murmura-t-il d'une voix un peu rauque. — Ce que vous disiez tout à l'heure des... des hommes comme moi... Est-ce que vous le pensez réellement ? »

« Certainement !... Et je vais vous dire autre chose, Mister Malone. Quoi qu'il arrive, efforcez-vous de rester ce que vous êtes maintenant, simple et fort... — elle allait dire « comme un animal » mais se ravisa — ... comme vous l'êtes ; et ne devenez jamais pareil aux petits messieurs des salons ! »

Plus tard, au moment où les deux hommes allaient repartir pour Londres, elle lui dit encore :

« Je regrette que dans ce pays-ci les femmes ne soient pas souvent admises aux combats de boxe ; mais je trouverai bien le moyen d'aller vous admirer un jour. Au revoir... »

Dans l'auto qui roulait à toute vitesse sur la route déjà obscure, Pat Malone pensait à ces paroles, et chaque fois un frisson lui passait dans les épaules, et ses mâchoires se contractaient ; car l'émotion se traduisait naturellement chez lui en violence, et il songeait aux coups sauvages et rusés qu'il frapperait dans le ring, s'il sentait les yeux de cette femme fixés sur lui.

VII

Andy Clarkson, l'entraîneur, tenait le *Sporting Life* déployé sur ses genoux et en donnait lecture à haute voix.

Ses poings aux phalanges massives maniaient le journal avec des précautions un peu maladroites, comme une chose prodigieusement fragile et prête à se déchirer au moindre contact. Il lisait lentement, avec effort, et comme il faisait au milieu des phrases de nombreuses pauses qui les découpaient à contre-sens, les trois boxeurs qui l'écoutaient avaient aussi besoin de faire tous leurs efforts pour comprendre. Les sourcils froncés, la bouche ouverte, tous quatre se donnaient grand mal et trouvaient évidemment ce travail intellectuel plus dur qu'aucun entraînement.

« Ah ! fit Andy Clarkson — la boxe :
voilà. Il y en a deux colonnes aujour-
d'hui. »

Et il redoubla d'attention et d'efforts.

« Des rumeurs assez surprenantes...
ont circulé sur l'état de santé physique
et morale pourrait-on..... dire de notre
champion poids moyen Jim Donnegan.
L'on sait qu'il..... doit rencontrer le mois
prochain au National..... Sporting Club
la révélation du moment, Battling Malone, dans un match comptant..... pour
le championnat et la ceinture..... de Lord
Lansdowne. Le bruit..... court que découragé par de récents insuccès il songe.....
à déclarer forfait. Que croire ? »

Il s'arrêta là, et un long silence suivit,
au cours duquel les mots qu'il venait de
lire finirent par prendre un sens et s'in-
filtrer enfin dans quatre crânes épais.

« C'est pas possible ; il ne ferait pas ça ! »
s'écria Jack Hoskins.

« On ne le lui permettrait pas, hein ? »
ajoute Steve Wilson, l'ancien Horse-
Guard, pour qui tous les officiels du

monde de la boxe, et plus spécialement ceux du National Sporting Club, étaient un peu des officiers, dont les commandements étaient définitifs et sans appel.

Pat Malone, bien que le plus consterné des quatre, ne disait rien ; seulement il regardait ses trois compagnons l'un après l'autre, et tous les traits de son visage exprimaient une indignation naïve.

« Un champion d'Angleterre ! — clama Andy Clarkson d'une voix lugubre. — Un champion d'Angleterre qui veut déclarer forfait plutôt que de recevoir sa râclée comme un homme ! Qu'il pourrisse vivant, le damné lâche ! On devrait le forcer à monter dans le ring avec Pat, qu'il soit en condition ou non, pour qu'il emporte au moins avec lui une figure en marmelade et quelques côtes cassées dans le sale petit public-house où il veut prendre sa retraite ! »

« Ecoutez !... Ecoutez !... — crièrent les autres. — C'est çà ! »

L'entraîneur jeta le journal à terre avec un geste de dégoût, et un silence

navré s'appesantit. Les quatre hommes
étaient réunis dans le vestiaire attenant
au hall de Deptford, après la séance d'entraînement du matin. Une odeur de sueur
et d'embrocation flottait dans l'air, et Pat
Malone, de même que ses deux « sparring
partners », avait la figure encore un peu
empourprée et marquée de meurtrissures
superficielles, vestiges de leur travail jour-
nalier.

« J'irai aux nouvelles cet après-midi !
— finit par dire Andy Clarkson. —
Vous, Pat, vous pourrez aller faire un
tour jusqu'au parc de Greenwich, en
accélérant un peu les deux derniers milles
du retour, mais sans forcer. Quel malheur !
Juste comme tout marchait si bien ! Et la
saison qui va finir..... »

Quand il revint le soir, sa mine féroce
et navrée confirma le désastre avant qu'il
n'eût parlé.

« Ça y est..... le bandit ! Il dit qu'il ne
se sent pas bien, qu'il est malade..... Des
histoires, quoi ! Au Club, ils parlent de
lui trouver un remplaçant, un mannequin

quelconque qui ne durera pas assez longtemps pour que Pat ait le temps de
s'échauffer et de montrer ce qu'il sait
faire. Et après çà il faudra attendre l'au-
tomne pour un match de championnat,
quand Garfield sera revenu d'Australie. »

Pat se gratta la tête.

« Pourquoi donc que je n'irais pas tout
de suite après le Français, au lieu d'attendre que j'aie le championnat et la
ceinture ? Ou bien encore après le nègre,
Sam Langdon ? On dit qu'il peut descendre à la limite des poids moyens, et
puis quand même, quelques livres de
plus ou de moins... »

Andy Clarkson l'interrompit sauvage-
ment.

« Vous, mon garçon, vous allez vous
tenir tranquille et faire ce qu'on vous dit
de faire. Si les gentlemen nous entre-
tiennent tous les deux comme des princes,
vous et moi, sans compter Jack et Steve
que voilà, c'est pour que chacun de nous
fasse son travail. Votre travail à vous, c'est
de combattre quand on vous le dit, et pas

avant, et avec les hommes qu'on vous
amène. Mon travail à moi, c'est de vous
dire que faire et de vous apprendre ce
que vous ne savez pas..... et il y en a encore
long ! »

Pourtant Pat continuait à secouer la
tête, impatienté et maussade, et un peu
plus tard, il sortit dans le hall et s'en alla
rêver le front appuyé aux vitres de la baie
qui donnait sur la Tamise.

Quelque chose le troublait, une sorte
d'impatience qu'il ne s'expliquait pas lui-
même. Dépit causé par la reculade inattendue de Jim Donnegan et le retard
que cette reculade apportait à sa première
grande bataille, sans doute ! Voilà ce qu'il
se disait. Pourtant non seulement c'était
une sensation nouvelle pour lui que ce
trouble vague de l'esprit ; mais encore le
seul fait de rester songeur, de s'étudier
lui-même, montrait qu'il avait un peu
changé, mystérieusement et à son propre
insu.

De l'autre côté du large fleuve les lumières de la berge et des navires amarrés

se réduisaient aux dimensions de simples points lumineux qui se reflétaient et scintillaient dans l'eau trouble ; plus près, un canot à rames passa rapidement, faisant avec sa proue un bruit clapotant qui s'entendait distinctement dans le silence ; puis voici qu'un écho lointain de musique arriva jusqu'aux oreilles de Patrick Malone.

Lentement la musique se rapprocha ; des lueurs nombreuses dansèrent à la surface de l'eau, et un grand vapeur passa, brillamment illuminé, d'où venaient des sons de violons et de harpes. C'était un des bateaux d'excursion qui, pendant la belle saison, descendent et remontent la Tamise entre Londres et la mer, trajet qu'ils font en quelques heures, entre les rives d'abord resserrées, ajourées de docks, semées d'entrepôts et de cargo-boats à l'ancre, puis un peu plus loin plates et lointaines, de plus en plus lointaines, jusqu'à ce que l'embouchure devienne le large bras de mer où les plages populaires commencent.

Il passa dans la nuit comme une apparition un peu féerique, ce navire de plaisir où il n'y avait place que pour la gaîté et le repos nonchalant. L'orchestre installé sur le pont faisait monter dans l'ombre une mélodie italienne, langoureuse et douce, et les couples de « sweet-hearts » assis l'un contre l'autre sur les chaises longues ou les bancs du pont se prenaient les mains et se regardaient à travers l'obscurité avec tendresse.

Patrick Malone le vit passer sans bouger et sans rien dire, le front appuyé à la vitre ; mais quand les lumières et les sons de l'orchestre se furent éloignés il sentit qu'une irritation sourde et un peu douloureuse lui poignait le cœur.

Il se dit à lui-même à mi-voix :

« Je suppose que la dame d'Eastbourne m'a oublié depuis longtemps ».

Et il resta rêveur. Parbleu, qu'elle l'avait oublié ! Elle lui avait dit toutes sortes de choses aimables et douces, par politesse de grande dame, et par politesse elle avait eu pour lui quelques regards qui avaient été doux aussi. Mais depuis.....

Encore si Jim Donnegan n'avait pas été un lâche ; s'il avait accepté de défendre son championnat et sa ceinture, ç'aurait été un vrai grand combat, celui-là, un de ceux dont tous les journaux parlent. Elle aurait vu son nom, Battling Malone, — et le récit de sa victoire, et peut-être se serait-elle souvenue de lui un peu plus longtemps... Mais c'était fini : le combat n'aurait pas lieu, et Andy Clarkson et les autres continuaient à le tenir en tutelle, comme un enfant dont on surveille tous les pas.

Tout à coup la rage secoua Pat, et ses poings se contractèrent au bout de ses bras. Il en avait assez de rester dans un coin comme un petit garçon en pénitence ! Dehors il y avait tout le vaste monde plein de merveilles, peuplé de femmes pareilles à des déesses ; il y avait aussi la renommée qui attendait les garçons comme lui pour faire résonner leurs noms et les rendre presque les égaux des « toffs ». Et il y avait l'argent : les beaux souverains d'or, les bank-notes dont le papier raide craquait et que les heureux de ce monde sortaient de leurs poches négligemment, plusieurs à la fois, pour acheter toutes les choses qui rendaient la vie somptueuse et belle.

Pat se redressa et commença à agiter des projets dans sa tête comme un prisonnier qui songe à une évasion. Il brûlait du désir de faire quelque chose d'éclatant, quelque chose qui attirerait l'attention sur lui, qui lui vaudrait les regards d'encouragement et d'approbation des femmes aux blanches mains endiamantées.

Jim Donnegan... il n'y fallait plus songer. Inutile également de s'adresser au National Sporting Club pour un combat avec le Français ou le nègre : Lord Westmount, Sladen et les autres s'y refuseraient, lui commanderaient d'être prudent et d'attendre. A qui pourrait-il donc avoir recours ?

Cet Australien... Comment diable s'appelait-il ? Celui qui venait de louer une

salle gigantesque dans le West End de
Londres et qui annonçait déjà des rencontres sensationnelles... Mac Gregor !
C'était bien son nom : Mac Gregor.
Il avait de l'argent, de l'expérience, il
cherchait des hommes ; tous les journaux
avaient parlé de lui et de ses ambitieux
projets. En quelques instants la décision
de Pat fut prise : Il irait trouver cet Australien dès le lendemain et s'offrirait à
n'importe qu lles conditions à combattre
n'importe quel adversaire, pourvu que ce
fût un homme connu, un vrai champion
dont la défaite ferait du bruit.

Le lendemain matin il s'esquiva sans
rien dire à personne.

Dès qu'il se retrouva dans les rues de
Londres, seul et libre comme autrefois,
toute sa débrouillardise d'enfant du pavé
lui revint. Il commença par aller demander
aux bureaux du *Sporting Life* l'adresse
de Mac Gregor... Piccadilly Hôtel... Regent Street... Très bien ! Une demi-heure
plus tard il se présentait à l'adresse indi-

quée. On lui répondit que Mr. Mac Gregor était sorti, mais devait rentrer d'une
minute à l'autre. Il attendit.

Du hall d'entrée de l'hôtel, où il s'était
assis, il pouvait voir à travers les grandes
portes vitrées le mouvement de Regent
Street : les automobiles qui passaient, les
femmes élégantes qui pénétraient dans
les magasins ou bien suivaient les trot-
toirs à petits pas, regardant les étalages
magnifiques avec attention mais sans avi-
dité, de l'air de femmes qui pourraient
franchir le seuil et acheter, si elles vou-
laient... Tout cela attisa son ambition
davantage.

Mac Gregor était grand, très bien habillé, tanné de visage, et avait l'œil d'un
connaisseur d'hommes. Il vint tout droit
à Pat et lui serra la main affablement.

« Vous m'avez demandé ? Si vous voulez
bien me rappeler votre nom... Malone.
Eh ? Patrick... Battling Malone... Je me
souviens très bien de ce nom ; je l'ai lu
dans les journaux. Et vous voulez me
parler ? Passez par ici. »

Pat lui expliqua d'une manière d'abord assez confuse le but de sa visite. Il lui fit comprendre que les gentlemen qui s'étaient constitués ses protecteurs le tenaient trop longtemps en lisière ; qu'il en avait assez ; qu'il voulait faire quelque chose de grand et d'éclatant... Il combattrait n'importe qui, qui fût un champion, Serrurier, Sam Langdon ou tout autre, et il n'y regarderait pas à quelques livres près, ni pour le poids de son adversaire, ni pour l'argent !...

Mac Gregor l'écouta sans l'interrompre, et, quand il se tut, resta songeur quelque temps.

« Diable ! fit-il enfin. — C'est du gros gibier qu'il vous faut, mon garçon ! Et vous croyez que vous auriez une bonne chance de battre ces hommes-là ? »

Pat leva sur lui ses yeux ingénus et hardis, et dit très doucement, posément, comme s'il parlait d'un tiers :

« Je ne pense pas qu'il y ait un homme de poids, blanc ou noir, qui puisse tenir plus de dix rounds contre moi. »

« Diable ! » fit encore l'Australien avec un sourire. Mais son regard jaugeait Pat et semblait le mesurer dans tous les sens, peser la vraie valeur de ces épaules démesurées, de cette mâchoire pareille à une falaise, et du cœur indomptable et sauvage qui flambait dans ses yeux.

« C'est que... — reprit-il après un silence — vous n'êtes pas encore très connu... Il y a bien votre victoire sur Jim Ellis, et les journaux ont dit grand bien de vous, et même sonné très fort la grosse caisse, certains d'entre eux... Mais tout de même ! »

Il réfléchit quelque temps.

« Avec pas mal de publicité, peut-être... des tuyaux d'entraînement bien entendus et suffisamment sensationnels... Serrurier : il ne faut pas songer à lui pour le moment ; ses contrats le retiennent en France ; mais si vous êtes prêt à combattre Sam Langdon et que vous lui laissiez dicter ses conditions en ce qui concerne le poids. Eh ? »

Il sembla se décider tout à coup.

« Restez déjeûner avec moi. Cet après-midi je vous emmènerai à Hampstead, au « Bull and Bush » le poids lourd américain Sid Moran s'entraîne là en ce moment. Je vous essaierai contre lui : quelques rounds discrets derrière des portes closes... et si vous me faites bonne impression vous aurez votre combat ! »

« Pour un quasi débutant comme vous, ajouta-t-il — battre Sam Langdon ou simplement faire figure honorable contre lui, ce serait un saut en pleine gloire ».

Pat bondit sur ses pieds, le sang en feu à la pensée de ce que cela représentait pour lui.

« Boss... — cria-t-il d'une voix étranglée, tremblant de violence contenue — mettez-moi dans le ring avec ce nègre-là, et je lui arracherai la tête ! »

A quatre heures de l'après-midi ce jour-là le gigantesque Sid Moran qui, conscient de ses six pieds deux pouces de taille et de ses deux cent dix livres de poids, avait souri jovialement quand on avait parlé d'essayer un poids moyen contre lui, était assis sur un banc dans le gymnase de l'hôtellerie du « Buli and Bush », encore un peu hébété.

Toutes les vingt secondes il répétait machinalement en hochant la tête dans la direction de Pat Malone, qui se rhabillait.

« Golly... vous savez cogner, vous !... Golly : il n'y a pas à dire ; vous savez cogner ! »

Mac Gregor était assis devant une table et achevait de remplir les blancs d'une formule de contrat.

« Tenez ! dit-il à Pat. — Signez ici ».

Pat prit la plume dans un poing et sans rien lire signa son nom, l'épelant à haute voix à mesure avec tant d'application et un tel effort que les veines de ses tempes saillirent comme des cordelettes.

« Les journaux sportifs vont avoir de la copie toute trouvée demain... et les jours suivants — fit Mac Gregor — sans compter la publicité, qui ne sera pas mince. Ma salle peut tenir quinze mille personnes, et les places les moins chères seront une demi-guinée. »

Avant de quitter l'hôtellerie, Patrick Malone demanda du papier et écrivit une lettre. C'était la première de sa vie, et elle lui prit longtemps ; mais le résultat lui parut superbe.

Cette lettre était adressée à « Lady Hailsham... — à Londres... Faire suivre » et disait :

« Je me bats avec le nègre Sam Langdon le mois prochain, et il pèse six livres de plus que moi, et je le rosserai en pensant respectueusement à vous. »

VIII

« Vous n'avez pas été raisonnable, Pat ! »
dit Lord Westmount.

Le Major grogna de colère :

« Raisonnable... Bon Seigneur !... Demander à un Irlandais d'être raisonnable,
c'est demander à une carpe de danser sur
la corde raide. »

Lord Westmount continuait à regarder
Patrick Malone d'un air tranquille, mais
un peu offensé, et déçu.

« Vous n'avez pas été raisonnable, Pat ;
et pour dire la vérité, je trouve que vous
ne vous êtes pas très bien conduit envers
nous. »

Gêné, Pat baissait les yeux et se balançait d'un pied sur l'autre, les mains sur
les hanches ; mais sa figure s'était faite

obstinée et maussade. Il ne voulait pas
expliquer les raisons de son coup de tête,
et quand bien même il l'aurait voulu,
il eût été absolument incapable d'exprimer en mots la poussée d'ambitions et de
désirs qui était montée brusquement en
lui. Il sentait confusément que tous ces
gentlemen qui s'étaient occupés de lui
avaient le droit de se plaindre, puisqu'il
s'était révolté contre leur tutelle, et pourtant il n'en éprouvait aucun regret.

Ses compagnons d'entraînement, Wilson, Hoskins et Andy Clarkson, se tenaient à quelque distance, évidemment
plus impressionnés que lui-même par
les reproches qui lui étaient adressés.

« Alors. c'est définitif : vous avez signé ? »

Pat fit « Oui » de la tête.

« Puisque c'est fait il n'y a plus rien à
dire, car nous ne vous demanderons pas
de revenir sur votre parole, Pat. Il faut
laisser les forfaits et les reculades à Jim
Donnegan et à ceux de son espèce. Vous
rencontrerez le nègre le mois prochain ;

voilà qui est entendu ; il ne vous reste
qu'à faire tout votre possible pour vous
mettre en condition et le battre ; nous,
nous continuerons à vous aider tant que
nous pourrons, et nous mettrons notre
argent sur vous ; et les garçons que voici
feront tout leur possible pour vous aider
aussi. N'est-ce pas ? »

« Sûr ! » cria Jack Hoskins, et lui et ses
deux compagnons se joignirent au groupe,
les yeux luisants, oubliant déjà les reproches et les querelles. Même Andy
Clarkson oublia sa colère et, devant le fait
accompli, ne songea plus qu'au triomphe
possible de la bonne cause.

« Il est déjà presque en condition, mon
lord ! dit-il. — Je vais le faire ralentir
un peu pendant une quinzaine pour éviter
le surmenage, et après cela il restera encore trois bonnes semaines pour l'amener
dans le ring, dur et fort, et prêt à se battre
pour sa vie. »

Il se rapprocha de Pat et lui appliqua
une formidable tape sur l'épaule.

« Vous avez une vraie tête d'Irlandais

sur vos épaules, garçon, qui tient pour
à peu près deux pence de bon sens et
pour cinq cents livres de folie, et obstiné
comme une mule, avec cela, et je devine
que vous avez signé un contrat idiot ;
mais ça n'empêche pas que nous sommes
tous avec vous et que quand ce nègre
sortira du ring le mois prochain il saura
qu'il a été dans une bataille sans avoir
besoin qu'on le lui dise. »

« Sûr ! » cria encore Jack Hoskins
avec un enthousiasme sauvage. Tous, ils
ne virent plus en Pat que le champion de
leur race, celui qui allait porter dans le
ring l'argent des gentlemen et l'honneur
de tous. Ils lui souriaient tous ensemble,
de larges sourires joyeux et un peu féroces, parce qu'ils songeaient déjà au
combat qui venait et que l'idée les exci-
tait.

Pat leva tout à coup les yeux et les
regarda l'un après l'autre, ému par cet
élan de fraternité chaude devant lequel
tout le reste disparaissait.

« Vous êtes de braves garçons, — balbutia-t-il — de vrais braves garçons ! Sûrement je rosserai ce nègre-là. J'ai promis. »

Mac Gregor n'était pas seulement un organisateur avisé et plein d'expérience ; c'était aussi un homme qui comprenait le pouvoir presque sans limites de la publicité, et s'entendait à son usage.

Au lieu d'annoncer purement et simplement par la voie de la presse qu'un match aurait lieu à tel endroit et à telle date entre la merveille pugilistique qu'était le nègre Sam Langdon, réputé déjà dans trois continents, et un quasi-inconnu nommé Battling Malone, il consacra quinze jours à préparer l'opinion publique par des voies détournées.

Plusieurs organes sportifs des plus répandus, tant quotidiens qu'hebdomadaires publièrent des séries d'articles assurément différents mais qui aboutissaient tous à la même conclusion : Nous avons peur ! Peur des étrangers, des Américains, des Français ; peur des nègres ! — La décadence du pugilisme anglais était peinte

sous les couleurs les plus sombres, exagérée à plaisir, transformée en une déchéance
nationale que chaque citoyen des Iles
Britanniques portait au front comme un
sceau d'infamie.

Les époques glorieuses de Tom Cribb,
de Sayes, de Jem Mace faisaient l'objet
de commentaires navrés, pleins de re-
grets cuisants et de honte. Les plus hono-
rables défaites de ces dernières années
devenaient de véritables déroutes, sous
la plume amère des scribes de Mac Gregor. Tout n'était qu'humiliation et igno-
minie. Le lion britannique se sauvait le
long du mur, la queue entre les jambes,
devant les cris belliqueux du coq gaulois
et de l'aigle américain...

Trois cents mille sportmen anglais lu-
rent ces articles et en conservèrent toute
la journée une rage sourde qui leur inspirait le désir d'assommer quelqu'un : un
Français, un nègre, l'auteur de l'article,
n'importe qui... Les journaux politiques
reprirent le cri et en firent une des questions du jour, faisait intervenir le pugi-

lisme entre les autres « manchettes » du moment — la grève qui menaçait, le mariage d'une chanteuse en renom, les derniers sursauts de la Chambre des Lords.

Sous l'avalanche de lettres provenant de lecteurs indignés qui protestaient, les articles des journaux se firent un peu moins pessimistes, mais plus précis. On prit Sam Langdon comme exemple : un homme qui était à peine au-dessus de la limite des poids moyens, et qui pourtant n'arrivait pas à trouver dans tout le Royaume-Uni d'adversaire à sa taille. — Quelques poids lourds consentiraient bien à monter dans le ring avec lui, mais sans se faire aucune illusion sur leur propre chance et parce qu'ils savaient que de l'autre côté de la râclée et de l'insensibilité passagère qui les attendaient, il y aurait pour eux une petite part de la bourse, consolation suffisante. Mais qui serait assez sot pour payer quoi que ce soit afin de voir Sam Langdon, la merveille noire, en action contre un mastodonte maladroit, condamné d'avance à la tuerie ?

De nouveau la morne honte s'étendit comme un voile de deuil de la mer du Nord au détroit d'Irlande, et des milliers d'Anglais, patriotiques jusqu'à la frénésie, furent partout hantés par la vision d'une figure noire, bestiale et impudente, qui du rire de sa large bouche lippue insultait Britannia.....

Et puis dans un de ces articles voici que quelques lignes mystérieuses se glissèrent : une intervention possible, qui serait peut-être annoncée sous peu ; la révélation que des sportmen éclairés, l'élite du pays, avaient pris l'humiliation nationale à cœur et avaient travaillé dans l'ombre.....

Morceau par morceau l'histoire fut mise au jour, une histoire qui même avant d'être devenue bien claire se muait déjà en une sorte de miraculeuse légende : la formation du « British Champion Research Syndicate ». On citait des noms illustres, derrière lesquels l'éblouissement de fortunes colossales se laissait entrevoir ; — la révélation soudaine d'un

homme prodigieusement doué, unique,
visiblement envoyé par le dieu protecteur
d'Albion pour être le premier instrument
de la Grande Revanche.

Les divers essais auxquels Patrick Malone avait été soumis tant dans le hall
de Deptford qu'à Hampstead le jour de
la signature de son contrat, devinrent
sous la plume des journalistes les mieux
renseignés, un système colossal d'épreuves
éliminatoires auxquelles tout ce que l'Angleterre, le Pays de Galles et l'Irlande
comptaient de jeunes athlètes ambitieux
avaient pris part ; d'où maints hommes
de grande valeur étaient sortis l'oreille
basse, écartés avec mépris pour faire place
au miracle vivant, au prodigieux mécanisme qu'était Battling Malone.

Sur la première page des journaux et
des revues de sport, aux galeries perma-
nentes du *Sportsman* et du *Sporting Life*
dans Fleet Street, à tous les étalages de
libraires en cartes postales, la photogra-
phie de Pat Malone en costume de combat s'offrit aux regards de tous.

Des passants ignorants des choses de la boxe s'arrêtè ent quelques instants devant une d'elles, contemplant bouche bée les reliefs surprenants de sa poitrine et de ses épaules ; des connaisseurs restèrent longtemps rêveurs devant l'agencement de lanières et de plaques musculeuses qui lui cuirassaient l'estomac et les côtes ; d'autres emportèrent avec eux le souvenir de son masque **d'animal batailleur**, de sa mâchoire massive et de ses yeux téméraires.....

Or, il se passa une chose que Mac Gregor avait peut-être espérée, mais sur laquelle il n'avait guère pu compter à coup sûr ; sa publicité coïncida avec un mouvement réel d'opinion.

Chaque sport est soumis à des fluctuations qui ramènent périodiquement l'enthousiasme et l'apathie. Dans les quelques années précédentes, une vague de puritanisme avait passé sur l'Angleterre, pour le plus grand dommage du pugilisme Les prédicateurs non-conformistes, qui sont doublement toujours à l'affût —

à l'affût de la réclame retentissante qu'ils
pourraient faire à leur secte, et des res-
trictions austères qu'ils pourraient impo-
ser aux hérétiques qui n'en font pas partie
— s'étaient prononcés contre le sport de
la boxe, en lui appliquant les adjectifs
d'usage. Cela avait suffi pour que dans
maintes villes maints chefs constables,
avides de se donner une réputation de
vertu, eussent interdit toutes les rencontres.

La vague avait passé ; les chefs constables avaient subi avec promptitude et
docilité le revirement d'opinion qui s'était
produit, et la grande masse du public
avait commencé à re-découvrir une fois
de plus le pugilisme oublié. Seulement ce
public s'était en même temps aperçu que
John Bull n'était plus le triomphateur
jovial d'autrefois, et ç'avait été pour son
orgueil natif la plus choquante des surprises.

Ainsi les circonstances mêmes appor-
taient à l'organisateur du prochain combat une aide aussi puissante qu'inattendue ;

le scepticisme avec lequel la rencontre
aurait été accueillie en d'autres temps
par le monde spécial du sport se trouva
noyé dans le flot d'enthousiasme qui sou-
leva la masse, et le nom de Battling Malone, crié dans la trompette de la renommée par une organisatur roublard, en
sortit dans une clameur qui l'étonna lui-
même.

Les quotidiens sportifs réservèrent aux
préparatifs du combat et à l'entraînement
des deux hommes des emplacements spéciaux. Chaque jour apporta sa nouvelle :
quelque détail fantaisiste relatif à la découverte du champion, qui complétait
et enjolivait la légende ; un interview avec
le brave Jack Hoskins, qui fut traité de
héros et porté aux nues parce que, de son
propre aveu, le poing irrésistible de Battling Malone lui apportait plusieurs fois
par semaine quelques minutes de som-
meil forcé ; le bruit des paris dont les
millionnaires du « British Champion Research Syndicate » appuyaient la chance
de leur protégé — preuve définitive de

leur confiance et de la sincérité du combat !

A lire les commentaires et les louanges que leur initiative suscitait, beaucoup des membres du Syndicat qui ne s'en étaient guère occupés jusque-là se prirent tout à coup d'un beau zèle, et vinrent tous les jours au hall de Deptford, aux heures d'entraînement, apporter à Patrick Malone et à ses compagnons un écho de la clameur du dehors, du grand bruit un peu inattendu qui s'était élevé autour d'eux.

Andy Clarkson surveillait le travail de son homme avec des yeux luisants ; aux minutes de repos il se rapprochait de lui et, toujours avec ses gestes et ses attitudes de violence concentrée, continuait à lui prodiguer des conseils de détail, comme un répétiteur enseigne à son élève les réponses favorites d'un examinateur probable :

« Faites attention que vos crochets ne soient pas trop larges, Pat mon garçon !..... Ce nègre-là va baisser la tête

quand il les verra venir, et si vous tapez
de toutes vos forces sur son crâne, ça
fera des phalanges cassées, sûr ! »

Ou bien :

« Rusez un peu plus : ça peut servir.
Ayez l'air fatigué, trébuchez comme si
vous alliez tomber dans ses bras, et puis
juste comme vous arriverez à distance,
placez votre droit au creux de l'estomac,
l'épaule gauche levée haut pour vous protéger la mâchoire ».

Pat obéissait, et Steve Wilson, qui lui
donnait la réplique, recevait un tel coup
de marteau au-dessous du sternum qu'il
s'affaissait sur les genoux avec un mugisse-
ment étouffé.

Deux ou trois fois Mac Gregor vint
à Deptford, et sa mine satisfaite en disait
plus long qu'aucun discours :

« Vous aurez une chambrée royale pour
vous voir, mon jeune ami ; une chambrée
comme on n'en avait pas vue à un combat
de boxe depuis longtemps. C'est à des-
sein que je dis « royale », car la famille
royale sera représentée --- seulement c'est

un secret, il ne faut rien en dire... — Si la
location marche bien ? Mais il n'y aura
que de la location. Les braves gens qui
essaieront de payer à la porte pour entrer
trouveront la salle pleine, et ils n'auront
qu'à attendre le résultat dehors..... Une
chambrée royale je vous dis, et beaucoup
de dames aussi, et du meilleur monde.....
Car vous savez que les dames seront admises..... »

Pat, qui l'écoutait assez distraitement,
releva brusquement les yeux sur lui, et
resta songeur. Les dames seraient admises : il n'avait pas songé à cela. Peut-
être..... C'était bien improbable ; mais
après tout le bruit que les journaux avaient
fait, pourtant..... Peut-être la dame d'Eastbourne serait-elle là.

Il se dit que lorsqu'elle l'aurait vu chas-
ser devant lui tout autour du ring et
corriger comme il fallait le faire ce nègre
fameux, elle ne l'oublierait pas de quelque
temps.....

La dernière semaine d'entraînement fut passée à Eastbourne comme Pat l'avait demandé. Lady Hailsham n'y était plus, à vrai dire, mais il retrouvait là le souvenir de ses paroles et du feu qu'elle avait allumé en lui.

Un logement pour lui et ses compagnons et un gymnase temporaire avaient été préparés dans une villa au pied de la route qui monte jusqu'à Beachy Head. Tous les matins ils escaladaient la pente ensemble, couverts de leurs sweaters d'exercice, à longues foulées nerveuses d'athlètes déjà bien en souffle ; ils trouvaient au sommet le grand vent fort et soutenu du large, dont ils se gonflaient les poumons, et s'en allaient pendant une heure sur les longues pentes couvertes d'herbes, quelquefois le

long de la mer, quelquefois dans l'intérieur, suivant la chaîne des « Downs »,
marchant, courant souvent, ivres de leur
force, ramassant un brin d'herbe qu'ils
gardaient entre leurs dents et qui leur
laissait un goût de sel sur la langue.

Lord Westmount vint deux fois, et la
seconde fois sa sœur l'accompagnait.

Il ne fut pas permis à Pat d'aller déjeûner à l'hôtel avec eux, en vue du régime
sévère auquel il était maintenant soumis ;
mais ils assistèrent tous deux à son entraînement de l'après-midi dans le gymnase.
Steve Wilson et Jack Hoskins, interdits,
reconnurent ce jour-là que Pat devenait
décidément trop ardent et trop dur frappeur pour eux, et qu'ils étaient contents
que le grand jour approchât.

Lady Hailsham le suivit des yeux sans
bouger ni rien dire, du commencement
à la fin, songeant peut-être à son bull-
terrier favori, qui avait dans ses batailles
un peu de cette férocité joyeuse, mais
songeant aussi à coup sûr que Pat Malone
était un homme « pour de vrai », un de

ces mâles puissants et hardis, proches
de la nature, devant lesquels les femmes
s'émeuvent et frissonnent un peu.

Quand il eut fini, elle ne lui fit aucun
compliment ni n'exprima aucun vœu pour
son succès ; mais ses yeux clairs s'atta-
chèrent à ceux de Pat sans réserve, et elle
lui dit à voix basse :

« J'ai bien reçu votre lettre... Je serai
là. »

Son regard, ses lèvres rouges qui s'ouvraient un peu sur ses dents blanches ;
le parfum léger qui émanait d'elle ; l'in-
timité qui semblait naître de leur rappro-
chement et des mots qu'elle murmurait
comme un secret... Pat ne trouva rien
à dire, et sa gorge se serra.

Qui sait le souvenir qu'elle emporta,
elle, de la proximité de ce jeune barbare
dont la poitrine profonde, aux reliefs
accentués, se soulevait et retombait, si
près d'elle, au rythme de son souffle égal,
et dont les yeux hardis se troublaient
devant les siens ?

Mais cette visite ne sembla pas à Pat
Malone aussi importante qu'elle eût pu
lui sembler à un autre moment. Tous les
menus faits de son existence journalière
étaient devenus machinaux, presque in-
conscients ; ils étaient noyés dans la grande
vague ardente qui l'emportait au combat.
C'était là l'effet d'une préparation physique bien réglée et aussi de l'atmosphère
qu'il sentait autour de lui.

Les articles de journaux qu'on lui lisait
le matin, les visites incessantes de sportsmen venus de Londres, les mines même
de ses compagnons d'entraînement —
tout lui donnait l'impression que ses
visions confuses d'autrefois s'étaient réa-
lisées, et que Britannia en personne épiait
ses mouvements et comptait sur lui.

Le grand jour venu, la limousine de
Lord Westmount l'emporta de bonne heure
vers Londres. A trois heures de l'après-
midi le pesage eut lieu, simple formalité
pour lui, puisque le poids fixé était celui
dicté par le nègre, de plusieurs livres
supérieur au sien. Mais il vit là pour la

première fois son adversaire Sam Langdon, un homme de sa taille, aussi large
que lui et plus épais, avec un masque de
gorille sous un crâne en dôme couvert
d'une courte toison crêpue.

Pat avait connu de nombreux nègres,
matelots ou débardeurs des docks, et
n'avait nourri à leur endroit qu'un mépris tranquille d'Anglo-Saxon ; mais celui-
ci lui inspira une aversion immédiate.
Il avait pourtant l'air simple et bon enfant ; mais il parut à Pat être le nègre-type,
l'incarnation d'une race ennemie et mé-
prisable. La seule idée que cet être au
facies semi-humain aspirait à le battre,
lui un homme blanc, devant quinze mille
gentlemen et ladies assemblés, parut à
Patrick Malone à la fois ridicule et monstrueux. Il ne lui serra la main qu'à contre-
cœur.

La cérémonie du pesage terminée, il fut
conduit chez Lord Westmount, tout près
de là, mangea et but ce qu'on lui donna,
s'étendit sur un lit de repos et attendit
le soir avec quelque impatience, mais sans

aucune nervosité. Les soins dont il était
entouré, les précautions que l'on prenait
autour de lui pour lui éviter toute émotion et tout ennui, l'amusaient fort ; mais
en même temps tout cela lui faisait
comprendre qu'on le considérait comme
un animal rare, de qui beaucoup dépen-
dait.

Mac Gregor avait dit vrai : les quinze
mille places de la salle étaient occupées.
Dehors, plusieurs milliers de personnes
qui avaient dû renoncer à entrer s'obsti-
naient pourtant à rester là pour recevoir
au moins l'écho des rumeurs du dedans.

La voiture qui amena Battling Malone
traversa cette foule lentement ; juste au
moment où elle s'engouffrait sous la voûte,
quelqu'un sauta sur le marchepied, reconnut le champion, et cria. Déjà un
barrage de policemen s'était formé et
arrêtait la foule, mais la clameur qui s'éleva
dans le sillage de l'automobile disparue
était si forte, si pleine d'encouragement
et de confiance enthousiaste, que Pat en
fut remué.

« Garçon, tuez ce nègre-là ! » hurla
une voix suraiguë.

D'autres cris et d'autres appels se
noyèrent dans l'énorme « Hooray » d'une
foule anglaise en délire, qui produit un
volume de son dont les vivats disparates
des autres foules ne peuvent donner une
idée.

Andy Clarkson lui fit traverser rapidement les couloirs presque vides et fermer
les portes derrière eux, les portes de leur
vestiaire. Pendant qu'il frictionnait son
élève en lui donnant ses derniers conseils,
des nouvelles des combats préliminaires
qui se disputaient leur parvinrent pourtant.

« Delaney a battu le Français ! » cria
une voix dans le couloir.

Andy Clarkson murmura entre ses
dents : « C'est un bon présage ; ce soir
c'est le vieux pays qui gagne sur toute
la ligne. N'oubliez pas ça, garçon ! »

Jack Hoskins et Steve Wilson, qui de-
vaient lui servir aussi de soigneurs au
cours du combat, se contentaient de rendre
de menus services sans rien lui dire.

L'émotion avait sur eux in effet comique :
ils ne se parlaient même l'un à l'autre
qu'à voix basse, comme à des funérailles,
et s'appliquaient à ne pas faire de bruit.
Pat se laissait manier et soigner comme
une chose, faisant une figure un peu im-
patientée. L'argent, la renommée et les
regards des femn s, tout ce qui l'attendait de l'autre côté du combat, il ne songeait plus à tout cela ; il avait seulement
hâte de rosser ce nègre, et il lui semblait
que les quinze mille personnes de la salle
n'avaient payé leurs guinées que pour cela,
pour le voir maltraiter et humilier cette
vilaine bête noire.....

Ensuite ce fut l'entrée dans la salle,
la grande clameur qui l'accueillit, la présentation au public, l'ajustement mi -
tieux des bandages et des gants, les d -
nières recommandations du referee..... Pat
avait d'abord regardé autour de lui, cherchant les figures amies ; mais la salle était
si vaste, les spectateurs si innombrables,
que le premier coup d'œil lui donna une
sorte de vertige.

Les rangées concentriques de plastrons blancs, d'habits sombres, de figures pâles sous la clarté fulgurante des lampes électriques, se fondit en une masse énorme qui ondulait. Il ne vit distinctement que les occupants des rangées de sièges les plus proches du ring ; des hommes en habit, quelques femmes en toilettes claires, aux cous desquelles des colliers et des pendeloques étincelaient, et il en garda une impression confuse qu'ils étaient quinze mille comme cela : quinze mille « gens de la haute » qui étaient venus pour le voir.

Pourtant, demi-nu, assis dans un coin du ring surélevé, il se sentait curieusement isolé, séparé d'eux aussi complètement que si les cordes eussent été d'infranchissables grilles. Des mains toutes-puissantes l'avaient mis là, une voix impérieuse lui avait commandé : « Battez ce nègre ! » et quinze mille « toffs » étaient venus remplir cette salle et attendaient qu'il obéît. Quand le gong résonna, il sauta sur ses pieds et se mit à l'ouvrage comme un serviteur zélé.

Le public n'était pas un public ordinaire de combat de boxe. Les deux tiers
des spectateurs n'étaient pas de ceux qui
s'intéressent de façon continue aux choses
du pugilat ; les expressions techniques
n'avaient pour eux qu'un sens vague et
leurs opinions leur étaient parvenues
toutes faites dans les colonnes de sport des
journaux. Ils manquaient de points de
comparaison pour apprécier à son juste
mérite le spectacle qui leur était donné,
et se contentèrent de suivre avec intérêt
ce qui se passait sous leurs yeux, sans
s'étonner le moins du monde.

Ce qu'ils virent, ce fut la rencontre,
entre quatre cordes tendues, de deux
hommes, l'un blanc et l'autre noir, qui se
jetèrent l'un sur l'autre comme deux
bull-terriers et se battirent du commencement à la fin de chaque round comme les
bull-terriers se battent, sans répit, en une
offensive continuelle et simultanée, avec la
diligence implacable et l'acharnement de
deux combattants qui sont tous deux sûrs
de vaincre, et veulent en finir au plus tôt.

Les profanes qui ne connaissaient du pugilisme que quelques mots de l'argot du « prize-ring » d'autrefois, et les noms des quelques champions modernes qui ont le mieux organisé leur publicité, s'imaginèrent sans doute que c'était ainsi que toutes les rencontres pugilistiques se disputaient, et ils se contentèrent d'attendre un résultat avec curiosité. Mais les connaisseurs comprirent de suite qu'ils goûtaient là une fête rare, une de ces batailles serrées et dures où il n'y a pas place pour les phrases élégantes d'une escrime des poings, ni pour les entrechats inutiles exécutés hors de portée.

Elle était riche de science, cette bataille, mais de la science élémentaire et simplifiée que discernent seuls les initiés, « ceux qui savent ». Le blanc était plus rapide que le noir, et plus ardent ; il mettait dans ses attaques un feu, une violence de détente que le nègre ne possédait pas ; mais ce dernier, plus lourd et peut-être plus puissant, avait toute l'endurance légendaire des hommes de sa couleur, et il avait encore une autre supériorité : l'expérience du combat, l'expérience acquise dans deux cents batailles livrées à des hommes de toutes races, de tous pays et de toutes tailles.

Il n'avait eu pour l'aider aucun hasard heureux, lui, aucun concours de circonstances, aucune protection ; de la case paternelle, sur une plantation de coton de Géorgie, au ring où il comptait gagner ce soir-là deux mille livres sterling, ç'avait été une longue trouée : un chemin que sa force et sa ruse et l'endurance de sa charpente lui avaient ouvert à travers une foule de deux cents combattants noirs et blancs. De sorte qu'il se rua à sa nouvelle tâche, implacable et pourtant froid, en homme qui connaît le résultat d'avance.

Quant à Pat..... Au coup de gong annonçant le commencement du premier round, il s'était levé d'un saut et avait chargé selon sa tactique ordinaire, le front bas, les poings à la hauteur de la poitrine et prêts à tout instant à lancer les coups

meurtriers. La première minute de ce
round, les premiers corps-à-corps, les
quelques coups qui arrivèrent à destination de part et d'autre — ne lui apprirent
rien.

Tous les combats se ressemblent au
début ! Même Jack Hoskins, lorsqu'il
lui donnait la réplique dans le hall de
Deptford, venait à lui d'abord avec cette
mine agressive et confiante. Tous les
hommes qu'il avait déjà rencontrés avaient
fait de même. Seulement, un peu plus
tard, lorsque l'instinct les avait prévenus
qu'ils avaient devant eux un mécanisme
de bataille plus redoutable que le leur,
et un tempérament plus féroce, ils se
trouvaient forcés à la défensive : une défensive parfois désespérée et courte, parfois
longue et habile, toujours courageuse mais
presque toujours sans espoir. Il s'était
accoutumé à les pourchasser devant lui
tout autour du ring avec une joie un peu
sauvage, sentant qu'il était plus fort et
plus dur qu'eux, mieux armé pour le
combat, plus proche de leurs ancêtres

barbares, et devinant à vingt signes qu'ils le sentaient aussi.

Or, ce qu'il comprit en faisant face à Sam Langdon et avant que le premier round ne fût écoulé, c'est qu'il avait affaire cette fois à un homme de son espèce, même plus primitif et plus barbare encore que lui, descendant plus direct de la brute ancestrale.

Lorsqu'ils en vinrent à la première mêlée dans un coin du ring, aux coups vertigineux frappés de près, presque front contre front, au lieu d'esquiver d'un saut brusque pour reprendre le milieu du ring, comme tous les adversaires de Pat l'avaient fait jusque-là, le nègre s'affermit au contraire sur ses larges pieds plats et cogna joyeusement.

Sous son os frontal proéminent comme celui d'un gorille, ses petits yeux enfoncés flambèrent ; sa bouche aux lèvres épaisses se resserra en une moue sauvage ; sans baisser la tête pour se protéger ni détourner son regard un seul instant, il plaça ses coups soigneusement, bloqua quelques-

uns de ceux de son adversaire, reçut les
autres sans sourciller et resta sur sa position, ne demandant apparemment rien
de mieux que de continuer ainsi.

Dans le corps-à-corps qui suivit, Pat
eut dans les narines l'odeur de son corps
échauffé : ce fumet de nègre qui suscite
chez tant d'hommes blancs le dégoût et la
rage. Au cours d'une demi-minute de
mêlée confuse qui vint ensuite, il se rendit
compte tout à coup que c'était lui qui
avait rompu du terrain, que c'était le
nègre qui le suivait pied à pied maintenant le long des cordes du ring. Quand
il eut compris cela une folie le jeta en
avant, et après que le coup de gong qui
marquait la fin du round eût retenti,
il fallut que le referee séparât de force
deux hommes arcboutés tête contre tête,
qui échangeaient avec des grognements de
colère des poussées et des coups rapides
bloqués à mesure.

Le second round fut une répétition du
premier : une longue mêlée oscillante,
assez confuse, où le referee n'eut pour-

tant pas à intervenir parce que les deux
hommes rompaient les corps-à-corps d'eux
mêmes, en hâte, avides d'avoir les bras
libres pour frapper de nouveau.

Dans la salle les connaisseurs hochaient
la tête et se disaient l'un à l'autre : « Cela
ne peut pas durer longtemps ! » Il y avait
une note de regret dans leur voix, parce
qu'ils se lamentaient d'avance de prévoir
le dénouement abrupt et prochain d'une
si émouvante bataille. Les autres, les
profanes attirés là par le retentissement
exceptionnel de la rencontre, ne se rendaient compte que d'une chose ; que le
champion de leur race, l'inconnu d'hier,
faisait mieux que bonne figure en face
du nègre fameux, que c'était lui qui montrait le plus d'ardeur agressive, et cela
leur suffisait.

Toutes les fois que le gong annonçait
la fin d'une reprise, ils reprenaient leur
souffle lentement et applaudissaient en
se regardant l'un l'autre avec des yeux
brillants. Les femmes disaient à leurs
hommes assis près d'elles : « Il va gagner,

n'est-ce pas ? » Et quand quelques mots
de doute leur répondaient, elles reprenaient
avec une jolie moue de caprice : « Oh !
je voudrais tant qu'il battît cet affreux
nègre ! »

Mais dans le coin où Andy Clarkson,
Steve Wilson et Jack Hoskins se tenaient
accroupis, entre les repos, ce qui régnait
était une atmosphère de tension tragique.
Quand le marteau du chronométreur se
levait, l'un d'eux empoignait le tabouret,
l'autre le seau d'eau et l'éponge, le troisième les serviettes, et, dès que le signal
avait retenti, ils se jetaient dans le ring
comme des loups, poussés par ce sentiment de fraternité ardente qui unit pendant un combat le combattant et ses
seconds, et qui fait souvent que ceux-ci
sont plus enragés et plus bouleversés
par les péripéties de la lutte que celui-là.

Et pendant que Pat, renversé contre le
poteau du ring, les bras étendus et appuyés sur les cordes, respirait profondément, ses camarades, tout en l'éventant,
en l'épongeant, en lui massant doucement

les muscles des cuisses et des épaules,
lui jetaient des mots d'encouragement
qui sortaient en sifflant d'entre leurs dents
serrées. « C'est ça, Pat mon garçon ;
allez-y ! Tuez ce damné nègre !..... Vous
l'avez, facilement !..... »

A la fin du quatrième round pourtant
Andy Clarkson comprit clairement ce que
Pat était par sa nature même incapable de
concevoir un seul instant, à savoir que le
nègre allait le battre à son propre jeu.
Pat frappait aussi fort que lui, peut-être
plus fort, et touchait bien plus souvent ;
mais ses coups n'arrivaient pas à ébranler
Sam Langdon ; celui-ci les recevait sur
les avant-bras ou sur les épaules, les blo-
quant presque tous à demi sans se donner la peine d'en bloquer complètement
aucun, parce qu'il se savait l'endurance
d'enclume des hommes de sa couleur.
Ses coups, à lui, étaient placés de près,
délibérément, avec l'habileté cruelle d'un
vieux pugiliste bourré d'expérience, et
déjà la figure et le torse du blanc se tu-
méfiaient par endroits.

Aussi quand Battling Malone fut assis dans son coin pendant le repos d'une minute l'entraîneur lui dit à l'oreille :

« Vous faites fausse route, Pat ! Ce n'est pas le meilleur moyen de le battre, çà ! Restez à distance pendant quelques rounds et prenez-le de vitesse. »

Il s'était bien gardé de lui montrer qu'il sentait la défaite prochaine ; c'était un simple conseil qu'il lui donnait pour l'aider à vaincre... Mais Pat avait déjà senti que sa tactique ordinaire ne lui suffirait pas cette fois-ci, et il suivit le conseil.

Pendant quelques reprises il rusa, rôda autour du nègre, sans déplacements inutiles pourtant, mais ayant soin de rester hors de portée ; toutes les dix secondes il rentrait d'un saut brusque, en frappant, doublait parfois, puis s'accrochait au noir et lui immobilisait les bras jusqu'à ce qu'ils fussent séparés de nouveau.

Le second conseil d'Andy Clarkson vint dès la fin du prochain round :

« Faites bien attention à vos crochets,

garçon, et ne vous abîmez pas la main sur
sa tête. »

Pat savait qu'un crâne de nègre est
une boule de métal à côté de laquelle les
poings les plus massifs, même cuirassés
avec science de bandelettes de dix pieds
et de gants de combat, sont choses fra-
giles ; et il fit attention.

Les reprises se succédèrent. Certains
des spectateurs étaient franchement déçus
de voir que leur favori avait modifié sa
tactique au lieu de s'attacher continuelle-
ment au nègre et de le frapper jusqu'à
ce qu'il tombât, ce qui leur paraissait
la solution la plus simple et la meilleure.
Mais, entendant des voisins plus versés
qu'eux dans les mystères du noble art
se déclarer satisfaits, ils continuèrent à
acclamer et encourager le champion anglais de confiance.

Les véritables connaisseurs, entre autres
Lord Westmount et autres membres du
Syndicat, étaient aussi surpris que contents. C'est parce qu'ils se rendaient fort
bien compte de l'inexpérience relative

de leur protégé qu'ils ne l'avaient vu
qu'à regret affronter un homme de la
valeur de Sam Langdon. Ils s'étaient
bien gardés de rien dire qui pût diminuer
sa confiance ; mais, au fond, peu d'entre
eux comptaient réellement sur son succès
ou même s'attendaient à le voir rester
debout jusqu'à la fin. Plus d'un avait
parié pour lui, couvrant royalement l'en-
jeu d'un Américain moqueur, simplement pour prendre rang effectivement
du côté des hommes de son pays et de
sa couleur, et jugeant l'argent perdu
d'avance. Et voici qu'il tenait le nègre
en échec !

Lord Westmount dit tout à coup à sa
sœur assise à son côté :

« Par Jupiter ! Je crois maintenant qu'il
a une chance de gagner. »

« Ne le croyiez-vous pas jusqu'ici ? »
répondit-elle.

Il secoua la tête. En véritable femme,
elle se prit alors à souhaiter plus ardem-
ment encore la victoire de Pat, maintenant qu'elle voyait en lui un novice témé-

raire qui était allé à la rencontre d'une
défaite presque certaine, un peu à cause
d'elle.

Dans le ring, les deux hommes se char-
geaient et se martelaient sans répit. Ils
avaient compris tous les deux que ce
serait une longue et dure bataille, et
chacun agissait en conséquence, mais selon
ses instincts. Le nègre s'efforçait de recevoir les coups de son adversaire sur le
crâne ou sur les coudes, et cherchait
l'occasion de placer un de ses coups à lui
de façon décisive. Pat, ayant déjà oublié
les conseils de prudence, ne songeait
plus qu'à se battre de toutes ses forces
du commencement à la fin de chaque
reprise avec une obstination simple, car
l'endurance prodigieuse du noir et la
punition que lui, Pat, recevait, ne faisaient qu'attiser davantage la flamme de
son cœur sauvage.

Tout à coup Andy Clarkson, qui de sa
place au bord du ring suivait le combat
avec des mouvements instinctifs de la tête
et des épaules, comme s'il frappait et

« encaissait » aussi, poussa un grognement
étouffé. Le premier, il avait vu le désastre.
Le poing droit de Pat, balancé en un crochet furieux, venait de heurter à toute
volée le crâne du nègre, et l'entraîneur
avait deviné, à la grimace de douleur et
de colère de son homme, que les phalanges avaient cédé.

Quand le round fut fini il lui chuchota
à l'oreille, très bas :

« Tenez-le à distance avec votre gauche,
garçon, et tâchez qu'il ne se doute de
rien. »

Mais en lui-même il râlait de désespoir,
conscient de l'inutilité grotesque de ses
conseils. Berner et tenir à distance avec
un seul poing Sam Langdon, le vieux
guerrier plein de ruse, la catapulte noire !
Andy Clarkson sentit que la fin venait.

Jusqu'au neuvième round le combat
avait été de ceux que les experts surtout
apprécient, une bataille serrée et dure,
mais sans péripéties dramatiques ni brusques changements de fortune. Avec le
neuvième round le drame commença.

Le nègre n'était pas de ceux qu'un novice comme Battling Malone peut abuser longtemps. Il ne lui fallut guère qu'une minute pour s'apercevoir que son adversaire ne frappait plus que d'une main, et une seconde pour comprendre ce que cela voulait dire. Il songea que cela venait juste à point pour l'aider à achever ce quasi-débutant qui s'était révélé si fâcheusement dur et obstiné, et il commença à l'abattre comme on abat un arbre, avec la même application tranquille.

Il ne se donnait plus la peine de bloquer ni d'esquiver, maintenant ; il abandonnait aux coups ce bloc de fonte qu'était sa tête, et ne cherchait qu'à frapper aussi : un crochet à la mâchoire, qui ébranlait le combattant blanc..., un direct sur la pommette qui le rejetait en arrière, pliant du cou et des genoux..., un autre crochet du droit au-dessous du cœur, placé délibérément, et ainsi de suite, épuisant la gamme des coups comme un joueur d'échecs qui profite des moindres chances.

Pour la première fois de sa vie, Pat

Malone sut ce que c'était que de reculer devant une force matériellement et invinciblement supérieure, d'être bousculé dans les cordes et acculé dans les coins du ring, impuissant et rageur comme une bête estropiée. Il continuait à se jeter sur le noir, frappant du gauche au corps ou à la mâchoire, pour se trouver presque aussitôt rejeté en arrière par une grêle de coups plus forts, frappés des deux mains.

Deux fois il essaya de se servir encore de sa main droite, mais ne put retenir un grognement de douleur quand ses phalanges fêlées et disloquées heurtèrent le menton du nègre. Après le deuxième essai il s'aperçut qu'il ne pouvait plus fermer la main.

La salle était devenue curieusement silencieuse. Même ceux qui avaient parié pour le nègre le voyaient triompher avec plaisir, mais ne l'encourageaient pas. Les autres étaient consternés. Des femmes poussaient de petits gémissements et se mordaient les lèvres comme si elles souf-

fraient aussi ; des hommes se disaient
à eux-mêmes à mi-voix : « C'est la fin ! »
et déjà accordaient au champion blanc les
louanges ternes qu'on donne aux vaincus.
« Il s'est bien défendu. — C'est un novice,
voyez-vous ; il fera mieux la prochaine
fois. »

Dans le ring, Pat qui commençait à
chanceler, pris de vertige, les yeux creux,
des rides aux coins des lèvres, des trous
d'ombre sous les pommettes, n'avait pas
encore songé une fois à la défaite. Seulement il s'enrageait de ne pas pouvoir
faire mal à ce nègre, et les os cassés de sa
main droite, écrasés sous les bandelettes
serrées qui lui entouraient les doigts et la
paume, lui faisaient mal jusqu'à l'épaule.

Au cours du onzième round Sam Langdon crut le moment venu, et chargea.
Ses poings de métal martelèrent le corps
de Pat, le forcèrent à baisser sa garde,
et dès que le nègre vit l'ouverture faite
il se tordit sur ses hanches deux fois, avec
un « Han ! » de bûcheron, mettant tout
le balan de son corps et toute la détente

de ses épaules en deux coups qui arrivèrent à la pointe du menton, le premier
un pouce à droite, le second un pouce
à gauche. Pat se laissa aller en arrière,
presque inconscient, mais sans plier les
genoux, de sorte que les cordes du ring
le soutinrent et le maintinrent debout.
Sam Langdon chargeait de nouveau quand
le gong résonna, annonçant la fin de la
reprise.

En trois secondes Pat était empoigné
aux genoux et aux aisselles et jeté sur sa
chaise ; Steve Wilson l'éventait avec une
force de machine. Jack Hoskins lui faisait descendre une pluie d'eau sur la
figure, pendant qu'Andy Clarkson lui massait les muscles du cou d'une main et
l'estomac de l'autre. L'entraîneur avait
perdu sa mine ordinaire de violence et de
menace. Sa voix tremblait quand il murmura à son homme, presque bouche contre
bouche :

« Oh, Pat, Pat, mon garçon ; vous n'allez
pas laisser ce nègre-là vous battre, dites ? »

Pat, la tête ballante, les yeux vitreux,

les jambes molles, une main cassée et l'autre sans force, à moitié conscient seulement, entendit qu'on parlait de défaite, et s'étonna.

« Me battre ?... Bien sûr que non ! » balbutia-t-il — et il s'efforça de sourire.

Le douzième round fut ce qu'on est convenu d'appeler une « boucherie » et ce à quoi certains arbitres au cœur sensible mettent fin sommairement en arrêtant le combat. Battling Malone n'était plus qu'une loque, une sorte de spectre qu'on eût dit sans conscience et sans poids, qui restait parfois debout et résistait un peu aux attaques grâce uniquement à son sens inné de l'équilibre. Il alla pourtant à terre cinq fois ; les coups du nègre le pliaient en deux et le jetaient sur les planches, mais sa charpente était si résistante et sa vitalité telle qu'il se relevait chaque fois.

Dans la salle, des spectatrices aux nerfs tordus, prêtes à pleurer, murmuraient : « Quel courage ! » Mais Pat Malone ne songeait pas que ce qu'il faisait méritât aucun éloge. Etourdi et chancelant, la tête vide, il ne pensait pas au courage, lui : il voulait tout simplement se relever pour rosser ce nègre.

Quand la minute de repos fut enfin venue, Andy Clarkson épongea avec une délicatesse de femme le masque tuméfié et les sourcils fendus de son élève, ses lèvres noires d'où un mince filet de sang sortait comme un ver ; son torse où la saillie des muscles et l'enflure des chairs meurtries commençaient à se confondre. Et il lui demanda très doucement, comme une mère parlant à son enfant qui s'est fait mal :

« Votre main droite..... Elle ne peut plus vous servir, garçon ?..... Plus du tout ? »

Pat ne comprit pas ce qu'on lui demandait ; mais entendit vaguement les mots : « main droite », et tendit cette main. L'entraîneur la palpa un instant à travers le gant, cherchant à discerner les os cassés et ceux qui tenaient encore ; puis tout à coup il l'empoigna plus fort et ploya les doigts. Pat poussa un rugissement de

douleur et fit mine de se jeter en avant ;
mais retenu par ses trois soigneurs il
resta assis, des gouttes de sueur au front,
tremblant de la tête aux pieds.

Quand il lui fallut quitter son tabouret
pour le treizième round, il se sentait
encore plus faible qu'auparavant ; mais la
souffrance aiguë l'avait réveillé en le secouant, et son poing droit était maintenant fermé de force sous le gant et les
bandelettes serrées.

La première charge du nègre le jeta
encore une fois à terre ; comme il allait
une fois encore se relever, il entendit la
voix d'Andy Clarkson qui lui criait à
travers les cordes :

« Prenez votre temps, garçon. Reposez-
vous ! »

Alors il resta immobile sept à huit
secondes, un genou sur les planches, et
pendant qu'il était là le vertige qui l'aveuglait acheva de se dissiper et la conscience
lui revint tout à fait.

Levant les yeux, il vit à dix pieds de là
le noir qui le guettait, sûr maintenant de

la victoire, un sourire béat sur son masque
de gorille Hors du ring il distingua également avec une parfaite netteté les spectateurs assis : plusieurs rangées d'habits
noirs semés de quelques toilettes claires,
et surtout les figures, les innombrables
figures blanches tournées vers lui.

Pour la première fois depuis le début
du combat il comprit alors qu'ils le
croyaient battu, tous ces gens, les quinze
mille hommes et femmes de sa race qui
étaient venus pour le voir vaincre. Ce qui
le frappa le plus pendant qu'il prenait
ces quelques secondes de repos, un genou
en terre, ce fut le grand silence qui remplissait la salle, le silence de mort des
gentlemen et des lords qui avaient compté
sur lui.....

Il n'eut pas besoin de faire appel à son
courage, parce que les hommes comme
lui sont construits de telle sorte que le
courage est une part essentielle d'eux-
mêmes et ne les abandonne jamais. Il se
mit debout lentement, se souvenant que
son poing droit était maintenant fermé et

pouvait lui servir. Quand Sam Langdon
s'avança vers lui il se souvint aussi des
conseils que l'entraîneur lui avait donnés
autrefois ; il trébucha quelques secondes
le long des cordes, simulant le vertige,
et quand le corps noir fut à bonne portée
il ferma les mâchoires comme un étau
et frappa à l'estomac de toute sa force.

Une rumeur monta dans la salle, et des
cris. Il ne les entendit pas parce que le choc
de ses phalanges cassées sur le torse du
nègre lui avait secoué les nerfs d'une
souffrance d'agonie qui l'empêchait de percevoir aucune autre sensation ; mais il se
rendit compte d'une chose, qui était que
sa main estropiée, refermée, formait maintenant sous la double cuirasse des bandelettes serrées et du gant un bloc assez dur
pour défoncer et meurtrir.

Il était à la fois enragé de douleur, et
lucide. Sam Langdon attaqua : il l'arrêta
à moitié d'un direct du gauche, bloqua
un second coup, et une fois de plus se
raidit et envoya à toute volée son poing
cassé heurter le torse noir. Après cela

il eut quelques secondes de répit qui
suffirent à réveiller son ardeur agressive.
Pendant une minute il mena la danse,
sans grande efficacité toutefois, et hésitant
un peu parce qu'il lui semblait que son
adversaire rusait et préparait une sur-
prise.

Le coup de gong qui avait annoncé
la fin de la reprise précédente s'était
éteint dans un grand silence, comme un
glas ; cette fois-ci il déchaîna une tem-
pête d'applaudissements et de cris. Les
spectateurs ne savaient pas que le poing
droit dont Battling Malone martelait le
nègre avait trois phalanges cassées ; mais
ils sentaient confusément que ce qui se
passait dans le ring était une chose hé-
roïquement barbare, qui les faisait fris-
sonner.

En épongeant Pat, Andy Clarkson lui
murmura :

« C'est ça, c'est bien ça ! Servez-vous
de votre droit pour frapper au corps seulement... c'est moins dur... Et il me semble
bien qu'il lui est arrivé quelque chose,

au nègre, mais je ne sais pas encore quoi ! »

Pendant tout le quatorzième round Sam Langdon se protégea les côtes avec un soin si visible que de toutes parts des cris s'élevèrent :

« Au corps, Malone... frappez au corps... vous lui avez fait mal ! »

Du bout des doigts au coude, le bras droit de Battling Malone n'était qu'une agonie ; mais sous le coup d'éperon des clameurs qui arrivaient jusqu'à lui et de la clameur plus forte de son grand cœur sauvage, il chercha et trouva dix fois le torse du nègre, achevant joyeusement de faire de son poing une loque. Et tout à coup il s'aperçut que Sam Langdon ne frappait plus.

Le masque de gorille avait curieusement changé, perdant son expression maligne et brutale : les lèvres épaisses s'ouvraient dans une grimace pitoyable, et sous l'os frontal proéminent les yeux du noir étaient devenus ceux d'un enfant qui a du mal.

Pat fut sur lui en une seconde, le bousculant jusque sur les cordes et frappant aveuglément des deux mains. Un corps-à-corps suivit, et comme le blanc reculait d'un pas pour attaquer de nouveau, Sam Langdon fit aussi un pas en arrière, avec un geste d'abandon.

« C'est assez ! dit-il à voix basse. — J'en ai assez ! » Et il s'en alla vers son coin en traînant les pieds, une main sur le flanc, pareil à un vieil homme fatigué.

Il y eut un instant de stupeur, personne ne comprenant ce qui se passait ; mais dès qu'on eut compris que c'était bien fini et que le champion noir abandonnait la lutte, ce fut tout le tumulte d'une foule anglaise en délire : aucun désordre, presque aucune poussée vers le vainqueur ; mais quinze mille personnes debout et poussant ensemble à pleins poumons un « Hurrah ! » qui s'éternisait.

Dans un moment de silence relatif vint par une baie ouverte le son d'une voix au dehors, qui annonçait le résultat à la foule de la rue.

« Battling Malone..... gagne..... au quatorzième round ! »

Et les « Hurrahs » recommencèrent.

Un peu plus tard une rumeur circula
dans la foule, l'écho d'un cri qu'avait
poussé tout à l'heure dans le tumulte un
des soigneurs de Sam Langdon :

« Allez chercher un médecin. Sam a
deux côtes cassées et peut-être pis... Il lui
vient du sang dans la bouche ».

Jack Hoskins et Steve Wilson, et Andy
Clarkson étaient fous, et Lord Westmount
et le Major, côte à côte, hurlaient comme
des forcenés. Mais Pat Malone soutenait
de la main gauche son bras droit qui lui
faisait mal, et répondait à tous les cris
d'un air un peu égaré, mais très tranquille :

« J'ai battu le nègre ?... Bien sûr que
je l'ai battu... Bien sûr ! »

Et il regardait avec placidité entraîner
hors du ring Sam Langdon, qui gémissait
et montrait le blanc de ses yeux.

Un grand silence, et la clarté du jour filtrant à travers les rideaux... Patrick Malone s'étira entre les draps, et les souvenirs lui revinrent un par un.

Dans le vestiaire, après le combat, un médecin avait remis en ordre, pansé et plâtré sa main droite..... L'auto l'avait emporté très vite, presque secrètement, à travers les derniers groupes d'une foule qui se dispersait..... une demi-heure au bain de vapeur de Jermyn Street, un long massage pour lequel les doigts épais d'Andy Clarkson s'étaient faits doux et tendres comme des doigts de femme ; puis Lord Westmount — il était donc là ! — avait dit :

« Chez moi. C'est plus près, et il sera mieux. »

Et ç'avait été la volupté des draps frais,
le repos, le contentement de savoir la
dure tâche finie.....

Il en était là dans ses souvenirs quand
la porte de la chambre s'ouvrit sans bruit.

« Hallo, Pat ! — fit la voix du jeune lord.
— Réveillé ! »

Il vint jusqu'au lit et regarda Pat avec
un sourire.

« Je ne vous serre pas la main, mon garçon, parce que vos mains sont plutôt
en compote, hein ! Mais elles ont tenu
assez longtemps pour vous permettre de
battre le nègre. »

Tout à coup son apparence d'impassibi-
lité tomba, et il se pencha en avant, ému,
fraternel.

« Je ne veux pas vous faire de compli-
ments, mais je tiens à vous dire que nous
sommes tous contents de vous, Pat :
fiers de vous.... . Et, entre autres choses,
il a été entendu hier soir que l'argent que
nous avions parié pour vous, comptant
le perdre, et qui nous revient doublé,
eh bien, il est à vous..... Le Major, Sladen,

Rubinstein et les autres enverront leurs
chèques à la banque en votre nom. »

Il arrêta les remerciements d'un geste.

« Ne dites rien, garçon, ne dites rien.....
Vous voulez vous lever, hein ? Je vais dire
qu'on vous apporte ce qu'il faut. »

Une heure plus tard Patrick Malone
avait déjeûné et s'enfonçait dans un fauteuil, vêtu d'une robe de chambre de
son hôte. Une pile de journaux était à
portée de sa main. Il en prit un, déchiffra
péniblement le compte rendu du match
et le laissa retomber.

« Ces journalistes... se dit-il à demi-
voix — tout ce qu'ils trouvent à dire sur
une affaire comme ça... ma parole ! »

« Il faut que ce soient des malins, sûr ! »
Et il resta rêveur. Cela lui avait paru
si simple, ce qui s'était passé la veille
entre les cordes du ring ; tout juste un
long travail assez dur auquel il s'était
appliqué de son mieux, ce qui était bien
naturel puisqu'il était là pour cela et
que tout le monde comptait sur lui. Et

l'histoire compliquée, semée de grands
mots, que cela était devenu sous la plume
de ce rédacteur de grand journal !

Il y songeait encore quand la porte s'ouvrit, donnant passage à Lady Hailsham.

Elle vint droit à lui, lui toucha le bras
de sa main gantée, d'un geste léger comme
une caresse, et dit en le regardant dans
les yeux :

« Vous avez été superbe... superbe...
Oh ! Je ne sais que vous dire : les mots
d'éloge semblent si futiles et si niais
quand on parle à des hommes comme
vous ! »

Pat rougit un peu ; mais sa simplicité
vint à son secours.

« Ce n'est rien ! fit-il. — Il fallait bien
que je rosse ce nègre, n'est-ce pas ?
D'abord je vous l'avais promis. »

Elle répondit doucement : « C'est vrai ! »
et leurs yeux se mêlèrent quelques instants. Puis elle attira un fauteuil et s'assit
près de lui, la figure animée.

« Racontez-moi..... Dites-moi ce que
vous sentiez, pendant que vous vous bat-

tiez, à quoi vous songiez, et tout cela.....
et comment vous avez pu trouver le courage..... ! »

Pat écarquilla les yeux et ne sut que
dire. Il fit pourtant un effort et raconta
la bataille à sa manière.

« Eh bien, voilà : Ça a bien marché
pendant quelques rounds et je sentais
que je le tenais..... et puis ma saleté de
main droite s'est démolie et j'ai eu une
espèce d'étourdissement..... et puis Andy
Clarkson m'a fermé le poing tout de même,
j'ai tapé au corps, et le nègre en a eu
assez... »

Il se tut, conscient de n'avoir rien oublié. Ce fut au tour de Lady Hailsham de
rester rêveuse.

Les femmes ont de tout temps aimé
les brutes au cœur simple. Elle était incapable d'aimer vraiment, elle, et en tout
cas assurément incapable d'aimer ce pugi-
liste-débardeur qu'elle ne pouvait consi-
dérer que comme un être d'une autre
espèce, pareil aux hunters de son écurie
ou aux bull-terriers de son chenil. Mais

elle s'avouait que, considéré ainsi, comme
un animal favori, il était splendide, et
tout de même plus proche d'elle, plus
émouvant, qu'aucun pur-sang et qu'aucun
dogue.

Le mâle primitif des cavernes devait
avoir cette mâchoire et ces yeux ! —
songeait-elle — et cet aspect de force
redoutable, et cette simplicité héroïque
et brutale lorsqu'il s'agissait de conquérir
une femelle, d'abattre une proie ou de
repousser les bêtes effroyables de l'âge
de pierre..... Quelque chose remuait en
elle, éveillé par la puissance latente qu'elle
sentait en lui ; et en même temps elle
regardait sa pauvre main estropiée, son
visage meurtri aux yeux fatigués, et son
cœur de femme s'attendrissait un peu.

Elle resta silencieuse quelque temps,
et ramassa distraitement le journal tombé
à terre.

« Vous lisiez le récit de votre victoire ? »
demanda-t-elle, et sans attendre une réponse elle parcourut quelques lignes des
yeux.

Le journal qu'elle avait entre les mains
était un grand quotidien qui, tenant judi-
cieusement compte de la vogue momen-
tanée du pugilat et du retentissement
particulier de cette rencontre, avait envoyé là, outre un de ses rédacteurs sportifs ordinaires, un autre représentant
chargé de rapporter ses impressions. Or,
ce dernier, remué par certains aspects
du combat, avait traduit son enthousiasme en un article écrit en hâte, entre la
fièvre du bord du ring et cette autre fièvre
de la salle de rédaction, quand les machines sont prêtes et réclament la copie.

Lady Hailsham avait commencé à lire
sans grande attention ; mais peu à peu
son regard se fit plus aigu et tout à coup
elle se mit à lire à haute voix :

« ..... Sans aucun doute il va se trouver
des intellectuels intransigeants et des puritains pour se récrier d'horreur quand le
récit de ce combat leur tombera sous les
yeux. Ils ne verront dans ce récit que le
sang versé, la volonté de faire mal qui
animait également les deux hommes aux

prises, les blessures d'ailleurs insigni-
fiantes que tous deux ont reçues. Et ce
leur sera, à ces puritains et à ces intellectuels, un magnifique prétexte à indignation, une occasion sans égale de célébrer
en phrases pompeuses la fraternité humaine, de déroncer les penchants vils
qui poussèrent quinze mille personnes
à aller voir ce spectacle repoussant, et
— comble d'horreur — à applaudir de
toutes leurs forces le triomphe ultime de
celui qui fit montre de plus de brutalité
et d'acharnement bestial.....

« Eh bien, est-ce qu'il ne serait pas
temps de couper court une fois pour
toutes à ces périodes béates et vides sur
la fraternité humaine et sur la mansué-
tude ?..... L'homme est un animal comba-
tif ; s'il ne l'était pas, son espèce aurait
sans doute disparu il y a quelques vingt
mille ans.....

« Et le monde est semé partout d'inter-
minables et d'innombrables batailles.
Nous bataillons avec l'inertie et l'hostilité
des forces naturelles ; nous bataillons avec

les animaux ; nous bataillons avec ces
millions d'autres hommes barbares chez
qui l'instinct du combat est aussi déve-
loppé que chez nous, souvent plus, mais
qui n'ont pas encore appris, eux, à limiter
cet instinct. Que la bataille s'arrête quelques années, quelques instants, et ceux
qui prêchent à présent la paix et les em-
brassements universels vont tout à coup
avoir à sortir de leur retraite chaude et
sûre, et, effarés, se trouver face à face
avec les barbares.....

« D'autres célèbrent et louent l'instinct
du combat quand on a donné à cet instinct un uniforme et un drapeau, et ils
se préparent à envoyer contre les baïon-
nettes et les balles qui trouent, déchirent
et torturent, des générations auxquelles
on aura préalablement inculqué la peur
et l'horreur des coups.....

« Des quinze mille spectateurs qui ont
assisté au combat d'hier, la plupart n'auront sans doute jamais l'occasion de donner la preuve du courage physique qu'ils
peuvent posséder, parce qu'ils vivent dans

un monde protégé. Mais ils ne continuent
pas moins à sentir que le courage est
toujours une vertu, une vertu nécessaire.

« S'ils ont acclamé hier soir Battling
Malone avec une sorte d'exaltation, c'est
qu'ils voyaient en lui une admirable incarnation du courage — du courage, sans
épithète, qui est plus simple et plus grand
que les autres. Ils ont vu un homme de
leur race, estropié, sanglant et meurtri,
faire bon marché de sa douleur physique
et abattre un des plus redoutables méca-
nismes de combat qui soient au monde
sous les coups d'un poing aux os brisés,
aux ligaments déchirés et tordus.

« Ce matin quinze mille d'entre nous
vaqueront à leurs paisibles occupations
avec ce souvenir à la mémoire, comme un
exemple : un exemple un peu surhumain
et hors de la portée de la plupart des
hommes, comme doit l'être tout véritable
exemple. Et comme ils se souviendront
aussi que cet homme au grand cœur était
un homme de leur race et de leur pays, ils
ne se croiront pas ridicules d'en être fiers.

« Les intellectuels et les puritains peuvent lever les mains au ciel et crier : leurs paroles sont des paroles d'enfants qui jouent avec des fantoches dans une chambre close. Nous avons vu hier soir un homme, et nous ne sommes pas près de l'oublier. »

Lady Hailsham laissa retomber le journal sur ses genoux. Ses yeux brillaient ; le sang lui était monté aux pommettes, lui donnant une apparence d'émotion.

Pat, qui n'avait d'ailleurs pas très bien compris, se sentait un peu gêné.

« En voilà-t-il pas des histoires ! » fit-il.

Elle continuait à le regarder, une flamme dans les yeux, et cette simplicité lui parut une chose admirable et touchante. Au bout de quelques instants elle se leva et passa derrière lui.

« Fermez les yeux, Patrick Malone ! » lui dit-elle doucement.

Il obéit en souriant, étonné, se demandant ce qui allait venir. Ce qui vint, ce fut l'effleurement léger de deux mains sur son visage, et bientôt l'effleurement

plus doux encore de deux lèvres qui se
posaient à peine.

« Patrick Malone, les femmes du vieux
pays aussi sont fières de vous... Voici
pour votre pauvre front bosselé... ; voilà
pour vos pauvres yeux, et pour vos pauvres
joues meurtries, et pour vos pauvres lèvres
qui ont saigné sans se plaindre... Non !
Ne bougez pas ! Ne dites rien !... Tenez :
restez là et je vais jouer pour vous... »

Elle alla jusqu'au piano, s'assit et joua
un air à la fois heurté et tendre, qui par
instants s'enlevait en galopades effrénées
et puis traînait et languissait plaintif.
Pat demeura immobile dans son fauteuil
et la regarda de loin.

Il se sentait fatigué, troublé et prêt
à l'émotion, comme si l'épuisement, la
souffrance et les coups reçus l'avaient
ébranlé jusqu'au cœur.

Ces caresses, dont il sentait encore
l'effleurement sur son visage meurtri, ces
caresses inattendues d'une dame, d'une
vraie dame, riche et belle... Cette musique
étrange qu'elle jouait pour lui... Les

meubles somptueux, les tapis et les bronzes
tout ce décor où les « toffs » vivaient ma-
gnifiquement et délicieusement leurs vies..
Tout cet argent qui était à lui maintenant
et le faisait riche ; cette amitié d'hommes
et de femmes raffinés ; ces choses surprenantes que les journaux disaient de lui.....

Il crut qu'il avait miraculeusement passé
la frontière — la frontière qui séparait
les gens du commun de ces autres gens
qu'il voyait autour de lui ; et il en resta
ébloui.

Lord Westmount et sa sœur étaient
debout en face l'un de l'autre dans le
boudoir de Lady Hailsham.

Elle était en costume de ville et prête
à sortir quand la visite un peu inattendue
de son frère l'avait retenue. A voir celui-ci,
son air ennuyé et son attitude générale
de mécontentement, il apparaissait que
leur conversation était de celles qui, chez
des gens d'un autre monde, fût devenue
cette chose odieuse et vulgaire : une dis-
pute.

Lady Hailsham au contraire semblait
parfaitement à son aise, et disposée à
railler :

« Non ! disait-elle. — Vous pouvez
calmer vos inquiétudes, ô le plus vigilant
et le plus tendre des frères. Je n'ai pas

l'intention de me laisser séduire par votre
ami et protégé Patrick Malone, Esquire...
S'il me plaît de le fréquenter et de m'amuser de lui quelque temps, cela est mon
affaire. Votre intervention, mon cher Tom,
est un peu ridicule, parce que vous devriez
savoir que, s'il est vrai que j'ai quelquefois des audaces dont les gens de notre
monde s'étonnent, je sais pourtant à peu
près exactement où m'arrêter..... »

« Je n'en doute pas ! — répondit son
frère. — Mais à vrai dire ce n'est pas
de cela seulement qu'il s'agit. Je ne crains
pas que vous vous preniez de passion pour
le pauvre Pat ; mais vous vous affichez
avec lui, vous donnez à nos relations une
occasion de plus de jaser, et vous risquez
de lui tourner la tête, à lui ! Songez à ce
qu'il est, d'où il vient, et ayez le bon sens
et la charité de ne pas déséquilibrer et
affoler ce pauvre diable. »

Lady Hailsham partit d'un long éclat de
rire.

« Ah ! voilà qui est superbe !..... Je
m'étonnais un peu que vous vous inquié-

tassiez si fort de ma réputation et de la
paix de mon cœur, et voici que c'est
réellement le cœur de Patrick Malone
qui vous inquiète, et sa réputation peut-
être, et son avenir !... Rassurez-vous :
je me contente d'amuser le brave garçon
en m'amusant de lui pendant que sa
main se consolide. Je ne suis pour lui
qu'une distraction passagère entre les
autres distractions beaucoup plus impor-
tantes et mieux de son goût que lui four-
nirent et lui fourniront l'excellent nègre
Sam Langdon et l'estimable Français Serrurier. Je fais l'intérim.....

« Et songez qu'il n'a rien à perdre à me
fréquenter, et pas mal à gagner, en somme.
Je lui ai déjà enseigné de quel côté d'une
femme il faut marcher dans la rue, et à
se servir de sa fourchette en homme civilisé, et à enlever son chapeau toutes les
fois qu'il convient, et au bon moment...
Quand il sortira de mes mains, votre ami
Patrick Malone sera digne de prendre
une place honorable dans le monde des
boomakers et des publicans, auquel il

est évidemment destiné, et d'y briller grâce à moi d'un éclat incomparable.....

« N'ayez pas peur pour Pat, mon cher Tom ; dès que sa main sera assez solide pour lui permettre de reprendre l'entraînement et de battre le Français, je céderai ma petite place dans son existence à tous ces braves garçons qui le soignent, le massent et l'entraînent, et je rentrerai dans la coulisse, ou plutôt dans la salle, pour le voir exercer sa profession de loin. »

Comme elle le disait elle-même, Lady Hailsham n'en était pas à sa première audace ; les défis qu'elle avait déjà lancés aux conventions généralement acceptées et respectées par les gens de son monde avaient été nombreux, et variés.

Qu'elle eût conduit une 140 HP de course à l'autodrome de Brooklands ; qu'elle eût, la première, paru dans Rotten Row en jupe-culotte, par un matin de mai, en pleine saison de Londres, montant à califourchon un des demi-sangs de son écurie ; et qu'elle eût dans l'Inde chassé le tigre — à pied — aucune de toutes ces choses n'avait fait scandale ni n'avait nui à sa réputation ; au contraire ! On sait que les cercles sociaux les plus élevés en Angleterre sont aussi ceux où les idées sont les plus larges, et d'ailleurs c'étaient là des exploits sportifs qui n'avaient éveillé que sympathie et admiration.

Mais sa nature l'avait portée à satisfaire à diverses reprises des curiosités plus excentriques et qui avaient été jugées plus sévèrement. Elle avait pendant plusieurs semaines promené dans Londres avec elle un jeune chef zoulou venu en Angleterre pour protester auprès du roi lui-même contre de prétendues spoliations du gouvernement britannique. Elle avait, à son retour des Indes, mis en vogue une variante du théosophisme qui avait paru consister surtout en longues contemplations, par des femmes désœuvrées, d'un jeune mage de Delhi d'une beauté pittoresque. Et puis, lorsque le théosophisme avait perdu son attrait, elle avait, sans transition aucune, passé à la

danse, et avait loué une salle de théâtre
pour y donner, à un public d'invités, le
spectacle de son corps à peine voilé de
gaze et de filigrane d'or en des postures
à la fois hiératiques et voluptueuses.....

Maintenant elle avait adopté Battling
Malone. Certains y voyaient un nouveau
scandale ; d'autres, plus indulgents, trouvaient seulement que c'était une déchéance, une originalité dépourvue de
distinction.

Le pugiliste lui inspirait une curiosité
amusée ; mais, à vrai dire, ce qu'elle voyait
surtout en lui c'était le moyen d'étonner
les gens de son monde et de continuer
son record de hardiesse et de bravades.
Elle se plaisait à se montrer avec lui à
Hyde Park et dans tous les endroits où
elle se savait sûre de rencontrer quelques
connaissances, hommes ou femmes. Cela
l'amusait surtout d'arrêter au passage
d'impeccables gentlemen de ses amis,
gourmés, soucieux de leur dignité, et de
leur dire négligemment, après quelques
phrases polies :

« Je ne sais si vous avez déjà rencontré
Mr. Patrick Malone... »

Certains affectaient de prendre la présentation comme une plaisanterie, et com-
blaient Pat d'amabilités ironiques. D'autres
essayaient du dédain. Mais il est difficile
d'exprimer avec efficacité son dédain à
soixante-quinze kilos d'humanité redoutable et que rien ne paraît troubler. Car
les hommes, quelle que fût leur position
sociale, n'inspiraient à Patrick aucune timidité, et ses yeux simples et hardis les
dévisageaient lentement, voyageant avec
une sorte de curiosité placide sur leurs
figures et sur les courbes de leurs épaules...

Lady Hailsham veillait à ce qu'il fût
habillé d'une manière qui accentuât encore le caractère de son masque et de sa
silhouette. Il portait des complets d'étoffe
claire à dessins hardis, des vestons qui
moulaient l'évasement prodigieux de son
torse, des faux-cols bas dégageant sa
puissante encolure, et des chapeaux à
bords plats, un peu comiques, sous lesquels l'ossature de son visage et sa mâ-

choire massive semblaient disproportionnés et surprenants.

Dans l'allée qui longe Rotten Row, à onze heures du matin, quand les cavaliers et les piétons sont les plus nombreux et que tout ce que Londres compte de riche et de bien né passe là, Battling Malone s'en allait le long des rangées de chaises, se balançant un peu sur les hanches à chaque pas, nonchalant et redoutable, pareil à un reître pendant une trêve, et à côté de lui marchait Lady Hailsham, consciente et charmée du contraste, qui s'était faite suprêmement élégante, d'une élégance féminine et floue, et qui s'amusait prodigieusement de sentir sur son passage les silences subits et les longs regards offusqués...

D'autres femmes passaient, qui menaient en laisse des bull-dogs ou des barzois de race, leurs esclaves favoris, puissants et humbles... Elle, songeait que l'animal de combat qui marchait à son côté était plus redoutable que tous ceux-là, et plus singulier, et plus émouvant ;

et qu'il y avait en outre une petite volupté
aiguë à se demander s'il ne se lasserait
pas quelque jour de rester muet et obéis-
sant, et s'il n'allait pas à quelque minute
inattendue s'éveiller, déchaîner sa violence
latente...

Quant à Pat... Mais il serait futile de
tenter d'analyser ses sentiments. Les
hommes de sa trempe ne peuvent concevoir une idée ou un désir sans le traduire immédiatement en action. S'il se
laissait traiter en jouet, en animal favori,
et manier par des mains habiles et douces,
c'est assurément que cela lui suffisait.
Quelques semaines de vie élégante et
facile, la splendeur du monde nouveau au
seuil duquel il se croyait, la camaraderie
d'une femme jeune et belle — il n'était
pas allé plus avant, et son cœur simple
restait encore confondu d'être venu jusque-là.

Inutile de dire que ni dans les allées de
Hyde-Park, ni dans les rues du West-End,
ni à la réunion de printemps d'Epson,
où elle l'emmena, il ne s'aperçut, lui,

du petit scandale que leur association causait. De bonne foi il se croyait maintenant tout proche des aristocrates et des grands bourgeois qu'il voyait autour de lui, puisqu'il avait de l'argent à la banque, de beaux habits et une sorte de renommée. C'était cette extrême candeur qui faisait que Lady Hailsham s'amusait de lui sans réserve, certaine de pouvoir le manier à son gré. Un ou deux incidents, pourtant, lui donnèrent à penser.

Un matin ils venaient de quitter Rotten-Row et longeaient la Serpentine ensemble. Tout à coup un jeune homme fort élégant, à moustache militaire, salua le premier Lady Hailsham et vint lui parler. Elle l'accueillit avec une cordialité joyeuse, et ils causèrent quelques instants. A trois pas de là Patrick Malone les contemplait avec simplicité, parce qu'il n'avait pas encore appris à simuler une indifférence polie. Il entendit qu'elle appelait cet homme familièrement : « Dan » mais que lui parlait avec chaleur et semblait faire des reproches.

Bientôt Lady Hailsham se détourna, évidemment irritée, une rougeur aux joues; son interlocuteur lui posa une main sur le bras comme pour la retenir..... Pat fit trois pas et ferma son poing valide..... Lady Hailsham n'arrêta que juste à temps, d'un geste et d'un mot, le coup qui allait venir.

« Non, Pat ! » fit-elle d'une voix brève.

Le gentleman regarda Patrick Malone de la tête aux pieds, dédaigneusement, resta immobile quelques secondes, puis tourna sur le talon et s'éloigna. Eux aussi se remirent en marche.

Après quelques instants elle lui dit avec un rire un peu forcé :

« Il paraît que vous me compromettez, Pat ! Savez-vous qui était ce gentleman... Mon beau-frère. »

« Ah ! fit Pat très simplement. — Je pensais que c'était votre mari. »

Elle le regarda à la dérobée, se souvint de ses trois foulées rapides, du geste menaçant, et une fois de plus un petit frisson d'inquiétude et de volupté mêlées

secoua ses nerfs. Un pressentiment lui
vint qu'un jour il pourrait bien prendre
son rôle trop à cœur, y mettre trop de
conviction maladroite, et transformer en
un vulgaire mélodrame la jolie comédie
pimentée et fine.....

Mais bientôt la main droite de Pat fut
guérie, assez solide pour lui permettre de
se remettre à l'entraînement, et l'entraîneur Andy Clarkson reprit possession de
lui avec une jalousie méfiante.

« Vous avez eu du bon temps et de la
grande vie, garçon ! — dit-il — et vous
devez être mou comme du blanc-manger.
Souvenez-vous que vous avez à démolir
le Français dans quelques semaines, et il
paraît qu'il est damné bon, ce mangeur
d'escargots ! »

Mou comme du blanc-manger ! Pat
rit de bon cœur, et une demi-heure plus
tard l'entraîneur esquissait aussi un sourire satisfait en voyant son torse nu, toujours formidable et sec après toutes ces
semaines de « grande vie ».

Quelques jours plus tard Sladen télé-
graphiait de Paris :

« Signé pour rencontre vingt rounds de
trois minutes onze stone six livres avec
Jean Serrurier, 17 juin, Paris, bourse
soixante-quinze mille francs divisée soi-
xante quarante ».

« Soixante-quinze mille francs — com-
menta Andy Clarkson — ça fait trois
mille livres, hein ! Seulement la division
me chiffonne, quarante pour cent au
perdant, c'est bien trop ! Ce doit être le
Français qui a stipulé ça : il sent la volée
venir, ce grenouillard, et il ne veut pas se
faire abîmer pour rien ! »

Pat fit une moue d'indifférence : sa
part lui paraissait suffisante. Cette fois
ce serait un authentique championnat du
monde qui serait en jeu, Serrurier ayant
battu au cours de l'hiver le champion
américain, et ce serait en même temps la
gloire définitive et le triomphe du vieux
pays. Il aurait ensuite, lui, Pat, le choix
entre une tournée aux Etats-Unis, des
engagements de music-halls ou simple-

ment la vie douce et magnifique à laquelle
il venait de goûter, parmi des gens du
meilleur monde qui le traiteraient en
égal, des femmes pleines de beauté et de
grâce un peu féerique, qui marcheraient
à son côté !...

Et pour avoir tout cela il ne lui restait
plus qu'à rosser un Français. Un Français ! Pat eut un sourire de pitié méprisante, et instinctivement il esquissa le
geste facile qui devait remettre toutes
choses en ordre, et humilier sans appel
ces impudents étrangers.

Et l'entraînement commença. Tout avait
été arrêté d'avance avec soin : quinze
jours au hall de Deptford, avec des marches quotidiennes du côté de Greenwich
et de Blackheath ; puis trois semaines à
Eastbourne, et enfin pour acclimater Pat
les derniers jours à Maisons-Laffitte, où
Sladen avait déjà fait le nécessaire.

Steve Wilson et Jack Hoskins reprirent
le collier avec allégresse, et déclarèrent
ponctuellement, deux fois par jour : « Qu'il
cognait encore plus dur qu'avant, l'ani-

mal ! » — D'innombrables boxeurs réputés, tant amateurs que professionnels, offraient leurs services pour entraîner le champion, avides de contribuer un peu à son succès et à la grande revanche. Cette fois ce n'était plus une préparation obstinée et résolue à un échec probable, mais bien une marche triomphale, car tous étaient emportés par une de ces vagues collectives de confiance et d'enthousiasme qui font de la possibilité d'une défaite quelque chose d'inconcevable, de contrenature...

Chaque dimanche des prédicateurs de toute secte s'élevèrent avec une prolixité solennelle contre la vogue honteuse du pugilisme, ce jeu antichrétien et dégradant. Chaque semaine les journaux à tendances sportives répondirent à ces accusations en phrases enflammées et cinglantes, et les organes politiques et revues à grand tirage, un peu hésitants, prirent tantôt le pour et tantôt le contre, faisant alterner dans leurs colonnes les articles et les lettres de correspondants fanatiques, qui déploraient avec force citations de l'Apocalypse ces spectacles démoralisants, ou bien célébraient la renaissance heureuse du sport national d'Albion...

Certaines affirmations pourtant ne trouvèrent pas de protestataires ni de contradicteurs : ce furent les démonstrations données un peu partout que les succès des Français en pugilisme n'avaient été qu'un accident.

On le prouva copieusement. Des techniciens éminents reprirent un par un tous les combats où des boxeurs anglais avaient été battus par leurs adversaires d'outre-Manche, et expliquèrent avec une parfaite clarté que dans chacun de ces cas les circonstances avaient été exceptionnelles ; qu'au reste les défaites britanniques étaient la conséquence logique de la campagne anti-sportive qui avait longtemps discrédité le pugilisme dans le Royaume-Uni ; que la valeur des champions du vieux pays s'était, pour ces raisons, abaissée à un tel point que quelques Français exceptionnels, de beaucoup su-

périeurs au reste de leurs compatriotes,
et en outre énormément aidés par le hasard, avaient pu se vanter de quelques
succès internationaux..... C'était fini.

D'autres chroniqueurs moins bien pour-
vus de technique se bornèrent aux consi-
dérations générales. Le Français — firent-
ils observer — est un être essentiellement
imitateur, doué d'une intelligence super-
ficielle et vive.

La mode ayant acclimaté à Paris le
noble art typiquement britannique du
pugilat, il s'était promptement trouvé un
certain nombre de jeunes gens qui avaient
acquis une sorte de vernis superficiel,
qui avaient appris les postures et les gestes
et avaient joué leur rôle gentiment, en
histrions de race. Et le public anglais,
tousjours bon enfant, trop indulgent, les
avait pris au sérieux. Mais lorsqu'on en
arrivait aux luttes décisives... Quelques
phrases courtoises mais sévères rappelaient de façon un peu obscure les grandes
leçons de l'histoire, Waterloo, Trafal-
gar.....

Le grand public, celui qui ne lit pas les journaux sportifs, fut forcé à l'attention par la rencontre constante de ces sujets peu usuels et toute cette rumeur de polémique. Simpliste, il en dégagea l'impression qu'il y avait quelque part un scandale à réparer, que quelqu'un avait manqué de respect à l'Angleterre, et qu'il était urgent qu'un champion se levât, messager du Seigneur, pour punir cette impertinence impie.....

Dans le gymnase d'Eastbourne Andy Clarkson massait Pat avec science, et tout en promenant ses mains expertes sur les muscles relâchés, il lui parlait comme de coutume. Les yeux féroces, la mâchoire en avant, avec des mouvements esquissés des poings et des épaules, il prêchait la prudence et la ruse, et les trucs subtils...

« Voyez-vous, garçon, vous allez rencontrer cette fois-ci un homme qui ne tape pas assez fort pour faire un trou dans une motte de beurre, mais qui fera des entrechats et des simagrées, et sur les trois juges il y aura deux Français comme lui qui trouveront ça malin et qui ne voudront jamais donner leur voix contre lui tant qu'il sera debout..... Alors, vous, vous n'allez pas perdre votre souffle à le suivre dans ses quadrilles ; mais vous le suivrez tout doucement, tout doucement, en faisant semblant d'être lent et maladroit, et puis quand vous verrez un jour, hep !... vous rentrez, avec des crochets des deux mains qui craqueront ses damnées côtes... »

La veille, l'auto de Lord Westmount, qui avait amené Pat de Londres, avait eu une roue cassée dans un caniveau, forçant ses passagers à faire deux ou trois milles à pied : aussi un journal du soir annonçait-il en grosses lettres :

« Battling Malone dans un accident d'automobile. Dernières nouvelles ».

L'édition se vendait bien, et les acheteurs, après avoir lu le compte rendu de l'accident, rassurés, continuaient leur chemin avec un soupir de soulagement.

Les membres du « British Champion

Research Syndicate » s'occupaient déjà
de l'organisation des trains spéciaux, et
déploraient de ne pouvoir trouver assez
de parieurs français pour couvrir leurs
enjeux.

Andy Clarkson avait dû répondre en
grommelant à un télégramme de Lady
Hailsham, demandant : « Pat est-il blessé ?»
Mais Pat n'en avait rien su. On ne lui
lisait que les journaux sportifs, et quelques
unes des lettres qui venaient de tous les
coins du Royaume-Uni, toutes reprenant
le même refrain monotone :

« Rossez le Français ! »

Elles avaient été écrites, ces lettres,
par de braves gens dépouvus de haine,
mais qui avaient été blessés au plus vif
de leur orgueil par les inconcevables défaites de ces derniers mois. Ils avaient
tous un grand désir de pouvoir se rendor-
mir dans leur paisible assurance, une fois
les choses remises en ordre et le cauchemar fini, le cauchemar malsain qui avait
paru représenter un instant comme leurs
égaux ces gens d'outre-Manche, ces Fran-

çais pour lesquels ils nourrissaient toujours un invincible mépris héréditaire.

A Patrick Malone et à ses compagnons,
qui étaient au centre de tout, cela ressemblait à une grande voix qui leur hurlait sans fin les mêmes mots d'encouragement et de commandement impérieux :

« Rossez le Français ! »

XII

Par la portière du rapide Calais-Paris, Pat Malone regardait défiler à toute vitesse les champs et les maisons de France. En véritable enfant de Londres, il n'était que rarement sorti des limites de la cité géante, de sorte qu'il ne pouvait guère se rendre compte des différences d'aspect entre la campagne qu'il voyait et celle d'Angleterre. Il regardait pourtant attentivement, avec un demi-sourire de curiosité et d'amusement. Lord Westmount, Lady Hailsham, le Major et Sladen voyageaient dans le même train. Ils étaient déjà venus par le couloir rendre visite dans leur wagon à Pat et à ses compagnons. Il les avait entendus parler français aux employés des gares et cela lui avait inspiré un peu d'admiration et pas mal de gaieté,

car il lui semblait qu'en faisant cela ils
se prêtaient à un jeu, et affectaient de
prendre au sérieux ces comiques bons-
hommes moustachus...

A Paris le brouhaha de la gare, les
exclamations et les paroles incompréhensibles qu'il entendait autour de lui, les
gestes exubérants des voyageurs et de ceux
qui les attendaient, le divertirent aussi.
Mais presque aussitôt on l'emmenait vers
Maisons-Laffitte, pendant que Lord Westmount, sa sœur et leurs amis, restaient
là pour consacrer les dix jours qui les
séparaient du combat à refaire connaissance avec Paris, et à s'amuser.

Aux quartiers d'entraînement qui avaient
été préparés pour lui à Maisons-Laffitte,
il retrouva un milieu familier, en pleine
colonie anglaise. Les entraîneurs des écu-
ries de Maisons, lorsqu'il fit connaissance
avec eux, lui dirent tous avec chaleur :

« Eh bien ! Vous allez battre le Français, hein ? »

Ils paraissaient faire de cette phrase
une question, où perçait même un rien

d'inquiétude et de doute. Pat sourit, et
laissa à Andy Clarkson et à ses compagnons
le soin de répondre pour lui.

La routine de son entraînement était
la même là qu'à Londres ou à Eastbourne ;
son entraîneur veillait à ce que sa cuisine
fût aussi celle à laquelle il était habitué,
et quand il martelait Steve Wilson et
Jack Hoskins tous les après-midi il se
trouvait presque toujours là quelque compatriote pour lui crier à toutes les reprises : « Good boy, Pat, That's the
way... »

Seuls quelques paysans rencontrés parfois au cours d'une marche d'entraînement, ou les journalistes venus de Paris
pour le voir, lui rappelaient qu'il était en
France. Mais, parmi les Anglais qui l'entouraient, il discernait confusément un
état d'esprit différent de celui de leurs
compatriotes d'outre-Manche, et assez surprenant. Ceux-ci ne semblaient pas comprendre clairement qu'un Français qui
osait affronter un combattant britannique
de quelque valeur était par définition voué

à la défaite. De trop nombreuses malchances leur avaient sans doute donné
une idée exagérée des mérites pugilistiques ces indigènes, et dans leurs encouragements les plus chaleureux perçait souvent une note d'inquiétude qui indignait
un peu Pat et ses compagnons.

Entre le jour de son arrivée et celui du
combat, Patrick Malone ne fit le voyage de
Paris qu'une fois, pour assister à une
réunion de boxe au cours de laquelle il
devait être présenté au public.

Lady Hailsham était là, avec les autres,
et il fut heureux de les retrouver, parce
que lorsqu'on le fit monter dans le ring
et qu'il sentit les mille yeux de la foule
fixés sur lui, il eut un accès inattendu de
gêne et presque de timidité.

Tous ces gens — des étrangers — qui
se trouvaient là chez eux et semblaient
pleins d'assurance et d'une bienveillance
un peu humiliante à subir ; les femmes,
beaucoup plus nombreuses là qu'en Angleterre, élégantes et fines ; ce tumulte de
voix incompréhensibles autour de lui,

les cris qui venaient des galeries supé-
rieures et qu'il ne comprit pas non plus —
tout cela le troubla un peu. Les applaudissements nourris qui l'accueillirent ne
suffirent pas à dissiper sa gêne, et il fut
heureux de pouvoir bientôt disparaître
entre les cordes et retourner s'asseoir
auprès de ses amis.

Les combats qui se disputaient ce soir-
là furent intéressants, sans plus. Pat les
suivit des yeux avec attention ; mais ce
qui malgré lui l'absorbait constamment,
ce fut le contact qu'il prenait avec l'atmosphère d'une arène pugilistique française, et avec l'âme collective d'une foule
française encourageant ses hommes à la
victoire.

Lady Hailsham, assise à côté de lui, lui
demanda vers la fin :

« Eh bien, Pat, qu'est-ce que vous dites
de leurs boxeurs, et du public ? »

« Les boxeurs ne sont pas si mauvais
que cela ! — fit Pat avec indulgence.
— Le public..... ils sont beaucoup qui
ont l'air de ne pas y connaître grand'chose,

et qui crient quand il ne faudrait pas ;
mais..... c'est drôle..... la foule a l'air
plus près des combattants que chez
nous... »

Ce qu'il avait senti, sans pouvoir l'exprimer avec exactitude, c'est qu'entre les
garçons qui bataillaient dans le ring et les
autres garçons, hommes et femmes qui
les regardaient faire, il existait un lien
curieusement fort et subtil. Les clameurs
de la foule, ses exhortations, tout le désir
ardent qu'elle exprimait en cris, semblaient en vérité pousser les combattants
comme une main surhumaine et les inspirer, et quand tout ce désir enthousiaste
allait à l'un des deux hommes seulement,
une force mystérieuse l'animait et le jetait
à la victoire.

Ce n'était point l'âme d'une foule anglaise, pas plus de celle du National
Sporting Club que de celle du Wonderland de Whitechapel Road. Ici les divers
éléments étaient plus intimement mêlés,
les manifestations de toutes sortes étaient
plus spontanées et plus ardentes, sans

qu'aucune morgue de bon ton les retînt.
Outre-Manche la salle où se disputait
un combat international semblait pleine
d'un entêtement orgueilleux : ce qui régnait ici, c'était une sorte de bravoure
gaie, une allégresse qui exaltait.

Patrick Malone eut l'intuition que tous
ces gens ne se donneraient pas comme divinité nationale une Britannia inhumaine-
ment belle, froide, hautaine, mais plutôt
une jolie fille simple et franche, qui sou-
rirait.

XIII

Lorsque Pat entra dans le ring, le grand soir venu, il fut reçu par des applaudissements nourris. Plusieurs centaines de compatriotes qui habitaient Paris ou bien étaient venus d'Angleterre par les trains spéciaux, l'acclamèrent fort et longtemps, et à travers leurs hurrahs et leurs clameurs et leurs cris divers d'encouragement, Pat reconnut la grande voix qui depuis plusieurs semaines lui répétait sur tous les tons l'orgueilleux commandement héréditaire :

« Rossez le Français ! »

Mais le tumulte finit par s'apaiser, fut remplacé par un murmure d'attente. Et tout à coup ce fut le délire. Jean Serrurier venait de passer entre les cordes du ring et la foule lui hurlait son adoration.

Des hommes se levaient et criaient
de toutes leurs forces ; d'autres restaient
figés sur leurs chaises, mais leurs mains
étaient atteintes de frénésie et claquaient
comme des machines affolées ; des femmes
lançaient à travers le vacarme des cris
grêles et des mots qu'on n'entendait pas,
et puis elles se prenaient à agiter leur
mouchoir comme pour une bienvenue,
les yeux brillants, les lèvres entr'ouvertes,
se laissant sans honte emporter par leur
exaltation. Le volume de son produit par
toutes ces voix n'était pas énorme, mais
il s'y mêlait une note curieusement émue.

C'était une note de reconnaissance cha-
leureuse, la reconnaissance d'une nation
humiliée, qui a longtemps douté d'elle-
même et puis tout à coup reprend conscience de sa force et de ses vertus en mille
petites choses, et se retrouve dans la personne de cent garçons sortis de son sein
et qui la réhabituent à la victoire. Ce qui
montait dans ces cris, c'était un enthousiasme chaud, presque tendre, que les
nations cuirassées d'orgueil ne connaissent

pas. Patrick Malone eut pour la seconde fois l'impression confuse que dans ce pays le pugilisme représentait plus que dans les autres pays.

Il regardait à travers le ring son adversaire qu'il avait déjà vu l'après-midi au pesage : Un bel athlète au visage d'enfant, ingénu et rayonnant, et il souriait d'un sourire moqueur, parce que le lien profond qu'il sentait entre ce garçon et la foule lui inspirait un commencement de rancune.

« C'est bon ! C'est bon ! se disait-il à lui-même. — Nous verrons bien s'ils crieront aussi fort quand j'aurai fini avec lui. »

Et, quand le signal fut donné, il s'avança vers cet adolescent à figure radieuse avec le désir âpre d'effacer son sourire et de l'humilier devant tous.

Andy Clarkson lui avait dit : « Ça n'est plus à un Sam Langdon que vous avez affaire, cette fois : ce grenouillard-ci sait bien que vous cognez plus fort que lui et il ne va pas s'amuser à livrer bataille.

Alors il faudra que vous couriez après
lui... »

Pat s'avança donc vers le milieu du ring,
se demandant avec u... peu de curiosité
ce que ce Français allait faire, et quand
il allait commencer à courir.....

Il commença à courir tout de suite, mais
droit sur son homme, et lui décocha un
direct du gauche sur la bouche, qui arriva
comme un éclair. Surpris, Pat arriva trop
tard à la parade et n'essaya même pas
de prendre un contre ; mais il songea :
« Il en faudrait beaucoup comme celui-là
pour me faire du mal ! » et il continua
à avancer sans plus de précautions.

Les feintes rapides du Français, ses
déplacements rapides et exactement cal-
culés de virtuose — tout cela n'impres-
sionna nullement Battling Malone, qui
le suivit patiemment, sans hâte, amusé
de voir que c'était lui qui pourchassait
déjà le champion du monde, après une
minute de combat.

Quand il crut le moment favorable il se
jeta en avant, le front bas, prêt à frapper

des deux mains ; mais avant que les muscles de ses épaules ne fussent entrés en action un upper-cut lui relevait là tête et un nouveau coup droit l'arrêtait une seconde. Quand il chargea enfin il ne frappa que le vide et vit trop tard le corps blanc s'effacer en virevoltant sur un pied et lui échapper. Et avant qu'il n'eût repris son équilibre ramassé d'attaque, deux nouveaux coups venaient lui meurtrir les lèvres.

Cette offensive inattendue l'exaspéra comme un défi. Un instant il se laissa emporter et devint un mécanisme affolé qui faisait jaillir ses poings devant lui, tantôt comme des pistons et tantôt comme des fléaux. Au bout de quinze secondes il vit que le Français était toujours hors de portée et souriait. Alors il se calma subitement.

« J'ai tout le temps — se dit-il — tout le temps..... »

Et il pensa avec une joie un peu féroce à la pleine heure de combat qui ne faisait que commencer, aux vingt reprises de trois minutes qu'on lui accordait pour épuiser et mettre enfin à mal ce jeune acrobate blanc.

Le gong annonça le premier repos. Tout en épongeant la figure de Pat, Andy Clarkson lui grogna à l'oreille :

« Prenez votre temps, garçon. Et ne vous occupez pas de ses taloches : il ne peut pas vous faire de mal. »

Après la première grande salve d'applaudissements coupés de cris, il ne venait plus de la salle qu'un murmure confus. Des voix innombrables discutaient ce prologue en attendant que le combat entrât dans la phase émouvante. Pour les soigneurs de Pat, pour ses amis et tous ses compatriotes groupés ensemble, il semblait évident que la bataille était gagnée d'avance. Ils comparaient du regard les deux hommes aux prises : l'Anglais avec son torse puissamment musclé, son masque qui restait patient et dur sous les coups, et ce Français aux lignes trop harmonieuses, qui apportait au combat une figure radieuse d'enfant qui joue. Ce serait une

répétition de la vieille histoire — se
disaient-ils — le triomphe certain de la
race qui a toujours triomphé dans les
longues guerres.

Mais toute cette foule française paraissait aveugle à l'évidence, et elle montrait
une confiance curieuse en son champion,
une foi inébranlable d'amante.

« Prenez votre temps ! » avait dit l'entraîneur. Pat commença le deuxième round
en homme que rien ne presse et qui a
devant lui plus de temps qu'il n'en faut
pour sa besogne. Mais voici que son adversaire, après une de ces attaques inattendues et impertinentes qu'il affection-
nait, esquiva deux charges coup sur coup
avec une aisance miraculeuse, qui semblait impertinente aussi. Et dans la salle
quelqu'un rit.

Ce rire de moquerie et d'insulte venant
d'un Français, d'un homme appartenant
à une race qu'il avait toujours appris à
mépriser, fit en un instant de Battling
Malone le sauvage fou qui avait jadis ter-
rorisé les débardeurs des docks et avait

un jour ramassé quatre fois à terre le gros
Jim à moitié évanoui pour l'abattre quatre
fois, le ramasser une cinquième, l'étayer
contre un mur, et faire de sa figure une
chose sans nom.

Pendant une minute le ring sembla
balayé par un cyclone, et les compatriotes
de Pat, dans le public, se dirent l'un à
l'autre entre deux cris d'encouragement :

« Le voilà parti ! il veut finir le Français de suite..... »

Il aurait aussi bien pu essayer de faire
à coups de poing des trous dans une
ombre. Frappant furieusement des deux
mains, de toute sa vitesse et de toute sa
force, avec des bonds en avant et des
charges continuelles, Pat sembla pousser
devant lui, tout autour du ring, sans l'atteindre, un corps blanc aux gestes ryth-
miques qui, au milieu de cette tourmente
meutrière, poursuivait un jeu à lui, un
joli jeu compliqué qui se jouait avec des
entrechats, des parades tranquilles et des
contre-attaques d'une prestesse inconcevable qui arrêtaient net, en le faisant plier

sur les jarrets, un adversaire étourdi par sa propre violence.

Puis sa fureur tomba : il sentit de nouveau le besoin de ruse, et s'arrêta. La forme svelte qui le harcelait se figea aussi en face de lui, et Pat, reprenant son souffle avec un peu d'effort, le front bas, distingua plus clairement les yeux fixés sur lui, attentifs, sans colère, et cette figure ingénument animée d'enfant.....

Presque aussitôt le round se terminait. Pendant l'intervalle de repos Andy Clarkson changea cette fois un peu ses conseils de sagesse.

« Pas si fort, Pat ! Attendez qu'il soit fatigué. Et pas si vite : donnez-lui confiance ; amenez-le à se risquer. »

Pat suivit ses conseils : il ralentit, feinta, rusa, feignit de chanceler. La foule s'y laissa prendre, et hurla. Mais l'adolescent qui lui faisait face contemplait ces manœuvres avec un dédain indulgent de sage, en profitait pour accentuer son offensive, mais ne se découvrait pas. Alors Battling Malone reprit de lui-même sa

tactique naturelle, sa battue patiente cou-
pée de charges soudaines, certain qu'il
était d'user ainsi son adversaire peu à peu.

Au septième round la chance parut
venir de son côté. Il réussit à percer de
quelques durs coups au corps la défense
serrée de Serrurier, et le vit faiblir. Avec
une vitesse d'éclair il se jeta en avant,
frappa et toucha encore, rompit un corps-
à-corps d'une violente poussée, accula son
homme dans un coin et, le voyant cerné,
il ferma les mâchoires comme un étau
et se rua à la victoire.

Une grande clameur était montée de la
salle : une clameur faite de cris, de mots
qu'on n'entendait pas, de gémissements
de femmes qui se lamentaient d'avance.
Elle s'abattit sur le ring comme une grande
voix unique à la fois suppliante et brave,
un cri tragique d'amante. Et voici que la
svelte silhouette blanche qui flottait déjà
sembla prise à la nuque par une main
surnaturelle, soutenue, raidie, jetée en
avant ; Battling Malone se heurta à une
attaque à coup sûr inattendue et plus

ardente encore que la sienne, et il ne put que reculer devant la furie de cet adolescent pâle dont les yeux flambaient, et qui frappait des deux mains comme un jeune héros que Zeus protège.....

Après cela le temps et tous les mots avec l'aide desquels on le mesure — secondes, minutes, reprises — semblèrent perdre toute signification pour lui, parce que sa longue tâche ingrate l'hébétait. Racontés, tous ces rounds eussent été aussi monotonement pareils que les grains d'un chapelet. Et pourtant la foule haletait, les nerfs tendus. Le jeu violent et subtil qui se jouait dans le ring la fascinait, et même ceux qui riaient des efforts vains de l'Anglais se prenaient parfois à re-découvrir qu'il avait encore toute sa force et son air d'entêtement mauvais, et qu'une seule détente de ses épaules musculeuses suffirait après tout à arrêter court leurs rires.

Lorsqu'il se retrouva assis dans son coin à la fin du quinzième round, Pat

ferma un instant les yeux sous la douche
froide de l'éponge ; puis il les rouvrit,
entendit Andy Clarkson lui chuchoter
d'une voix un peu étranglée : « Plus que
cinq rounds, garçon ! Il faut y aller tant
que ça peut... » — et il se réveilla subitement.

La monotonie du combat l'avait stu-
péfié ; mais il reprit conscience et retrouva
tous ses souvenirs à la fois avec un choc.
C'était un Français qui se jouait ainsi
de lui : un de ces hommes-pantins dont
les petits enfants de son pays se mo-
quaient ! Et la grande voix qui lui avait
commandé impérieusement de triompher
que dirait-elle si..... Renversé sur sa chaise,
les bras appuyés aux cordes du ring, Pat
rougit jusqu'aux oreilles d'y penser :
une rougeur de honte et de rage.

Les journaux du lendemain dirent de
ces cinq derniers rounds : « Ils furent mo-
notones. Battling Malone cherche le
« knock-out » sans succès... » Pour Pat ces
quinze minutes de combat renfermèrent
bien plus que cela : elles continrent tout

un monde d'effort sauvage et vain, et
l'horreur de l'humiliation qui venait, et
un sortilège dix fois renouvelé. — Il se
retrouvait le cogneur irrésistible d'autrefois. Son cerveau était clair, ses épaules
toutes gonflées de force, la colère lui
brûlait le cœur ; dans chacune de ses
détentes il faisait passer toute sa violence
naturelle, que décuplait le désir désespéré de mettre à mal et d'abattre sur les
planches ce maudit Français..... Mais chaque fois que l'éphèbe blanc qui lui faisait face semblait flotter et défaillir, toujours ce grand cri venait de la foule
comme une supplication ardente, l'exhor-
tant à résister au nom de tout ce qu'il y
avait de commun entre elle et lui, au
nom des humiliations passées, de l'espoir qui renaissait, du pays jalousement
aimé, au nom des hommes de sa race qui
haletaient et serraient les poings en le
regardant, et des femmes pâlies qui se
mordaient les lèvres.....

Et sous cette grande clameur chaude
et franche le Français retrouvait chaque

fois une force miraculeuse et, au lieu
de se défendre comme une bête traquée,
il se ruait à son tour, affranchi de toute
crainte, une flamme dans les yeux.

Le dernier round ne fut qu'une longue
mêlée confuse où alternaient les attaques
avortées, les coups furieux qui s'égaraient
sur les gants ou les épaules, les corps à
corps qui dégénéraient en bousculades.
Battling Malone, qui chargeait sans répit,
insoucieux des arrêts et des contres, se
jeta sur un coup du droit à la pointe du
menton qui l'envoya sur les genoux. Il
se releva d'un saut, fou de colère, et
quand le gong annonça la fin de la
reprise et du combat, il fallut que Steve
Wilson et Jack Hoskins vinssent le maî-
triser et l'emporter de force vers son
coin.

Le geste dont l'arbitre désigna le vainqueur ; l'adolescent dont le visage rayon-
nait ; le tumulte indescriptible qui suivit ;
la ruée des spectateurs français vers le
ring et vers leur jeune idole ; le silence de
mort des Anglais — tout cela blessa

Patrick Malone moins que les applaudissements pourtant généreux qui s'adressaient
à lui, au vaincu, et qui le faisaient pleurer
de honte.

XIV

Pat et ses trois compagnons retournèrent
à leur vestiaire en silence, et lorsqu'ils
s'y furent enfermés, se délivrant ainsi du
tumulte triomphant de la grande salle,
le silence dura encore longtemps.

Les soigneurs s'acquittèrent de leur
tâche ordinaire avec indifférence et, à leur
insu, avec une sorte de mépris. On eut
dit que leur champion venait de se révéler
tout à coup un imposteur, qu'il leur était
impossible de traiter comme auparavant.
Les mains d'Andy Clarkson, en friction-
nant et massant le corps nu de Pat,
exprimaient à leur manière leur déconve-
nue, et leur dédain pour ces muscles qui
n'avaient pas su vaincre.

Quand l'entraîneur rompit le silence,

chacune de ses paroles sembla contenir une insulte cachée :

« Il ne vous a toujours pas fait grand mal ! » dit-il en palpant les joues à peine meurtries.

Et quelques instants plus tard :

« C'est égal. Qu'est-ce qu'on va dire chez nous ? »

« Le meilleur homme de l'Angleterre battu par un Français ! » fit Steve Wilson comme un écho lugubre. Et tous trois se prirent à hocher interminablement la tête.

Le massage terminé, Andy Clarkson s'essuya les mains avec une grimace d'amertume, disant :

« Je ne sais pas ce que vous allez faire ce soir, garçons, mais moi je sais bien que je vais me saoûler. »

Quelques minutes plus tard il sortait sans mot dire, la tête basse, les mains dans ses poches. Laissés seuls avec Pat, Steve Wilson et Jack Hoskins, gênés, crurent devoir le consoler :

« Ne vous désolez pas, vieux ! fit Jack

Hoskins avec une tape fraternelle. — Vous
en battrez d'autres !... »

Il n'en fallait pas plus pour raviver la
honte de Pat, et sa rage. Il enfila son grand
Ulster de voyage, s'enroula un foulard
autour du cou et sortit à son tour, avec
une mine si mauvaise que les autres
n'osèrent rien dire.

Il se perdit dans les couloirs, rencontra
des gens qui lui parlèrent en français et
qu'il passa sans tourner la tête ; et un peu
plus loin, par une porte ouverte, il vit l
salle du combat, déjà vide.

Cela l'affecta curieusement, et au lieu
de son humiliation rageuse il lui vint tout
à coup une vraie tristesse, une émotion
naïve d'enfant perdu, prêt à pleurer.
Peut-être quelques-uns de ses amis l'at-
tendaient-ils dans le vestibule — songea-
t-il — ou bien dehors... puisqu'ils n'étaient
pas venus le voir après le combat. Dans
le vestibule il ne trouva personne qu'un
des directeurs de la salle, qui s'avança
vers lui, la main tendue, mais qu'un geste
suffit à repousser.

Sur le trottoir, il n'y avait personne non plus, du moins personne qui l'attendît. Des passants se hâtaient, inattentifs ; sur la chaussée des automobiles semblaient emporter leurs occupants vers des foyers ou des rendez-vous heureux ; cette large avenue presque déserte, avec ses lumières alignées qui clignotaient dans la nuit, parut à Pat le plus mélancolique coin du monde qu'il eût jamais vu.

Il s'en alla devant lui sans savoir où, et sans y songer. A un carrefour une femme le croisa, qui marchait en balançant les hanches et darda sur lui au passage ses yeux liquides. Il grogna de dédain ; mais vingt pas plus loin il s'arrêtait court, le cœur gonflé.

Un de ces moments était venu pour lui où les hommes forts et durs, qui ont toujours vécu durement, sentent avec toute la force qui est en eux le besoin d'être plaints, et consolés, et de goûter au moins les gestes de la tendresse. Et tout naturellement ce fut à Lady Hailsham qu'il pensa.

Ne l'avait-elle pas déjà plaint, et caressé,
et baisé sur les lèvres au lendemain d'un
autre combat ? n'étaient-ils pas amis ?
ne l'avait-elle pas choisi d'elle-même
comme compagnon de bien des heures,
dédaignant les autres hommes pour lui
?

Il se prit à penser qu'il avait été aveugle
et stupide de ne prendre qu'une partie
de l'amitié qu'elle lui avait offert, et
presque rien de sa tendresse, et de ne
jamais rien demander. En tout cas il avait
besoin maintenant de toutes ces choses,
et il lui parut simple et naturel d'aller les
chercher.

Il héla un taxi automobile, finit par
faire comprendre au chauffeur, à force
de le répéter de diverses manières, le
nom de l'hôtel où il voulait aller. Arrivé,
il paya d'une pincée de monnaie blanche,
au hasard, et monta le perron sans hé-
siter.

« Lady Hailsham. » Le chasseur appela
du geste un autre individu galonné. Celui-là comprenait l'anglais et répondit
à Pat par une question un peu hésitante.

« Elle vient de rentrer... Est-ce qu'elle vous attend ? »

Il fit « oui » de la tête, avec force, et sans autre formalité on le conduisit à l'appartement qu'elle occupait.

Le page frappa à la porte du boudoir, qui fut ouverte après quelques instants par Lady Hailsham elle-même.

Elle eut un léger sursaut d'étonnement en voyant Patrick Malone ; mais l'émotion visible et assez inattendue qui altérait cette face brutale aux yeux fatigués la toucha.

« J'ai du regret, Pat ! » dit-elle simplement.

Il n'essaya pas de répondre, et pendant quelques instants resta immobile sur le seuil ; puis l'audace lui vint, et sans qu'elle eût dit un mot il entra.

Battling Malone faisait une assez étrange figure dans ce boudoir Louis XV avec son Ulster d'étoffe rude, le foulard sommairement enroulé autour de son cou, et son visage meurtri par le combat ; mais il était aussi incapable de percevoir

ces contrastes et ces nuances, lui, que de
songer au lieu et à l'heure, et qu'il était
peut-être importun. Il restait debout, sa
casquette à la main, muet, attendant les
paroles douces et les gestes attendris qu'il
était venu chercher.

Et tout à coup la vue de cette femme
immobile en face de lui, jeune, belle, des
diamants sur son cou nu, le secoua d'une
émotion nouvelle, différente de la camaraderie respectueuse de jadis. Il vit en
elle, en même temps que sa beauté dési-
rable, le symbole de toutes ces choses
précieuses qu'il avait bien cru conquérir
auparavant et dont il ne se sentait plus
maintenant si sûr : le luxe et les mille
r ffinements de corps et d'esprit qu'il ne
pouvait que deviner en bloc, confusément,
et la vie molle et magnifique. Mais vraiment c'était d'elle qu'il avait surtout besoin.

« Est-ce que vous ne pouvez rien trouver à me dire ? » — demanda-t-il d'une
voix étranglée.

Elle répéta : « J'ai du regret, Pat ! » et
détourna les yeux.

Alors il se dit qu'il avait été si obtus
et si indifférent autrefois que maintenant
elle hésitait peut-être. Ce serait à lui de
parler ; il se mit à rassembler gauchement
dans sa tête les idées et les mots :

« La fois où j'avais battu le nègre, vous
aviez été si bonne... alors je suis venu
cette fois-ci... Je sais bien que c'est moi
qui ait été battu, ce soir ; mais je vais vous
dire pourquoi : c'est parce que toute la
salle, ou presque, était pour le Français,
et ces gens-là... c'est difficile à expliquer...
c'était comme s'ils avaient été dans le
ring avec lui... »

« Mais je sais bien que ça ne vous fera
pas de différence, à vous, parce que... —
il hésita une seconde, puis continua en
toute simplicité — ... je pense que vous
avez un peu d'affection pour moi. »

Et voici que soudain le sang lui monta
aux tempes et qu'il se mit à parler avec
force, affranchi de toute timidité, en mâle
impérieux qui n'a cure des rangs ni des
castes.

« J'ai besoin de vous. Je n'ai jamais su

vous le dire parce que je ne suis qu'une brute à tête dure, et que peut-être je ne le savais pas. Mais j'ai besoin de vous. Et je pense que vous m'aimez mieux que les autres hommes ; alors il faut que vous veniez avec moi. Votre mari ne compte pas, puisque vous n'avez pas d'affection pour lui ; vous pouvez bien le quitter. Et il ne faut pas croire que vous auriez la vie dure avec moi, parce que j'ai de l'argent à la banque maintenant, beaucoup d'argent, et que vous resteriez une vraie dame tout de même. Et je serais bon pour vous. Il faut que vous veniez avec moi. »

Sa voix rauque s'arrêta ; il chercha quelque chose d'autre à dire, qu'il avait peut-être oublié. Et il lui vint à l'esprit de suite qu'elle ne comprenait peut-être pas qu'il était honorable et sincère ; il se hâta donc d'en donner la preuve en prononçant les paroles sacramentelles qui engagent :

« Je vous épouserai... Quittez votre mari, et je vous épouserai. »

Il y eut une seconde de silence ; puis Lady Hailsham partit d'un long éclat de rire.

L'hôtel était presque complètement silencieux, car la nuit était déjà avancée. Ce rire harmonieux résonna curieusement dans le silence. Patrick Malone resta figé sur place, sa casquette à la main, regardant cette femme au cou blanc endiamanté, qui riait, et à force de regarder il finit par comprendre.

Il comprit qu'elle n'avait jamais fait que s'amuser de lui ; qu'elle ne l'avait jamais considéré que comme un animal favori, de bonne race, et dont on tolère quelquefois le contact aux heures de délassement ; que si le hasard l'avait favorisé et lui avait donné une sorte de grisante renommée, elle aurait peut-être permis que ce contact fût plus étroit et durât quelque temps. Mais qu'en tout cas c'était maintenant fini.

Ce qu'il comprit de tout cela se réduisait d'ailleurs à une intuition rudimentaire, juste assez claire pour qu'il sentît l'outrage. Et son ressentiment fut aussi quelque chose de simple et de purement animal.

Rien ne le retenait. Cette femme s'était moquée de lui, et dans Shawell ou Shoreditch quand une femme se moquait d'un homme d'une façon aussi cruelle, l'homme se vengeait avec ses mains. Tout ce qu'il y avait de brutalité latente en lui s'éveilla et monta comme une flamme.

Il jeta sa casquette à terre et fit trois pas en avant.

Le rire de Lady Hailsham, un rire jeté sans réserve à plein gosier, la tête en arrière, s'arrêta net quand elle baissa de nouveau les yeux et vit la figure de Pat. Sans transition la peur la prit à la gorge, après la gaieté, car elle connaissait bien cet homme et sa terrible simplicité. Elle recula avec un cri inarticulé d'appel.

Il apparut que le page qui avait conduit Patrick Malone, soupçonneux, était resté dans le couloir, car presque aussitôt la porte s'ouvrit et il entra en courant.

Pat tourna sur les talons, abattit le page

d'un coup, le prit par le col et par une
jambe et le jeta dehors ; puis il ferma la
porte à clef derrière lui et s'avança de
nouveau.

Lady Hailsham avait reculé jusqu'au
chiffonnier du fond de la pièce, une main
à la tempe, avec une grimace de peur et
d'égarement ; dans l'autre main elle tenait quelque chose, et comme Pat s'avan-
çait elle lui cria par deux fois, d'une voix
suraiguë d'hystérie :

« Restez où vous êtes !... Arrêtez-vous ! »

Pat n'était pas de ceux qui s'arrêtent.
L'instant d'après la détonation du revolver
se répercutait dans les couloirs vides, la
fumée se dissipait déjà dans le boudoir,
et Pat était couché face contre terre.

Mais voici qu'une hallucination lui vint
avant la mort ; ou peut-être était-ce l'instinct simple enraciné dans ce cœur fait
pour la bataille... Comme un combattant
dans le ring il mit tout ce qui lui restait
de vie en un effort désespéré pour se
relever.

La Camarde tenait le chronomètre et

riait d'avance, de ce suprême et futil effort. Mais il se releva.

Sur les genoux d'abord, en s'aidant des mains ; puis un pied posé fermement sur le sol, et enfin la dernière tension de ses muscles durement trempés, le dernier sursaut de sa grande vitalité et de son courage le remirent debout pour quelques secondes, un filet de sang sur le menton et un autre à la poitrine, qui teignait déjà de rouge son foulard blanc ; chancleant, fixant sur la femme qui l'avait tué des yeux redevenus simples comme ceux d'un enfant, et où il ne restait plus aucune colère.

Puis il s'écroula de nouveau.

Quand les gens de l'hôtel eurent enfoncé la porte qu'on ne leur ouvrait pas, ils trouvèrent dans un coin du boudoir Louis XV une femme livide qui se couvrait les yeux de ses mains et criait comme une bête à la torture, et, figure contre terre, Battling Malone dont les larges épaules avaient décalqué leur forme en rouge vermeil sur le tapis clair.

ACHEVÉ D'IMPRIMER
LE 31 OCTOBRE 1925
PAR L'IMPRIMERIE
FRÉDÉRIC PAILLART A
ABBEVILLE (SOMME).

ÊTES-VOUS BIEN ASSURÉ ?

LA situation économique actuelle a eu pour conséquence d'augmenter les prix dans des proportions telles que les capitaux assurés avant la guerre ne répondent plus à la réalité.

Avez-vous pensé que le prix de votre mobilier a triplé depuis 1914 ? Un simple mobilier (meubles, objets d'art, bijoux) représente aujourd'hui souvent une véritable fortune, que l'**Incendie** peut anéantir en engageant au surplus lourdement votre responsabilité vis-à-vis de votre propriétaire ou de vos voisins.

Vous êtes locataire ? Pour être à l'abri de tout recours de la part de votre propriétaire, vous devez assurer la valeur totale de l'immeuble et, en tout cas, quinze fois le montant de votre loyer annuel. Avez-vous songé à déclarer à votre assureur l'augmentation de votre loyer ?

Vous êtes propriétaire ? Êtes-vous garanti contre les recours que peuvent exercer contre vous vos locataires et vos voisins ?

Vous avez des serviteurs à gages ? (Gens de maison, concierges et autres salariés). La loi du 2 août 1923 met à votre charge le paiement des indemnités ou rentes dûes à raison d'accidents dont ils sont victimes à l'occasion de leur travail. **Les accidents des domestiques** sont de tous les jours ; en dehors de ceux survenus en soignant les animaux ou en conduisant les véhicules ; les coupures, les brûlures, les luxations, etc..., sont fréquentes ; l'assurance du personnel des maisons bourgeoises s'impose donc impérieusement.

**Vous êtes Chef d'Entreprise, Commerçant, Agricul-
teur ?** La Loi du 9 Avril 1898 et celle du 15 Décembre 1922
font peser sur vous toutes les suites des accidents dont vos
ouvriers ou employés auront été victimes dans l'exercice de
leurs fonctions.

Vous êtes Automobiliste ? La Jurisprudence vous déclare
responsable de l'accident que vous causez. Garantissez-vous
contre les condamnations de plus en plus sévères que les
Tribunaux prononcent en faveur des victimes.

Garantissez-vous aussi contre les dommages qui peuvent être
causés par les maladroits ou les imprudents.

Vous êtes Chasseur ? Garantissez-vous contre un coup
de fusil malheureux ; le chasseur le plus expérimenté, le plus
prudent, ne peut être sûr que son plomb n'ira pas atteindre
derrière une haie, quelque travailleur invisible.

Vous êtes Fermier, Colon, Métayer ? Ne manquez point
d'assurer vos récoltes contre **la Grêle**, fléau redoutable entre
tous pour l'agriculteur. Ne manquez pas davantage de vous
garantir contre la **Mortalité du Bétail.**

Eprouvez-vous de l'inquiétude à l'idée de trouver en rentrant
chez vous le coffre-fort, le bureau cambriolés, le mobilier, l'ar-
genterie, les objets d'art, les tableaux enlevés, saccagés, dété-
riorés ? **Assurez-vous contre le Vol. Assurez-vous aussi
contre les dégâts des Eaux.**

Enfin, s'il est louable de se montrer prévoyant en assurant
ses biens, c'est faire acte de sagesse que de s'assurer contre les
Accidents Individuels. Vous êtes Père de Famille, vous
gagnez largement votre vie. Avez-vous pensé que si vous
mourrez, vous laisserez dans la misère votre femme et vos
enfants ?

Êtes-vous déjà assuré ?

Révisez vos polices ;

N'êtes-vous pas encore assuré ?

Adressez-vous à une grande Compagnie française de tout
premier ordre.

Choisissez votre courtier, s'il y a lieu, parmi les meilleurs ; les assureurs conseils expérimentés et consciencieux ne manquent point.

N'oubliez pas que si vos assurances sont insuffisantes, vous demeurerez votre propre assureur pour  partie et supporterez une part proportionnelle des dommages.

Parmi les grandes Compapagnies françaises, il en est une entre toutes à laquelle vous pourrez vous adresser en toute sécurité, c'est la Compagnie "L'UNION". Elle est la plus importante des Compagnies françaises d'Assurances contre l'Incendie; elle vient au premier rang tant par le nombre des assurés qu'elle a su grouper autour d'elle que par l'importance des valeurs dont elle assume la garantie.

Elle a fondé, en 1909, une branche d'assurances contre le Vol, les Accidents et autres risques et déjà cette branche marche de pair avec les plus anciennes Compagnies Accidents.

Quels que soient les risques que vous vouliez faire garantir vous trouverez à "L'UNION", à son Siège Social, 9, Place Vendôme, à PARIS, ou chez l'un quelconque de ses 600 Agents de Province, sans parler de ses Agences et de ses Succursales dans le monde entier : courtoisie, compétence, rapidité d'exécution.

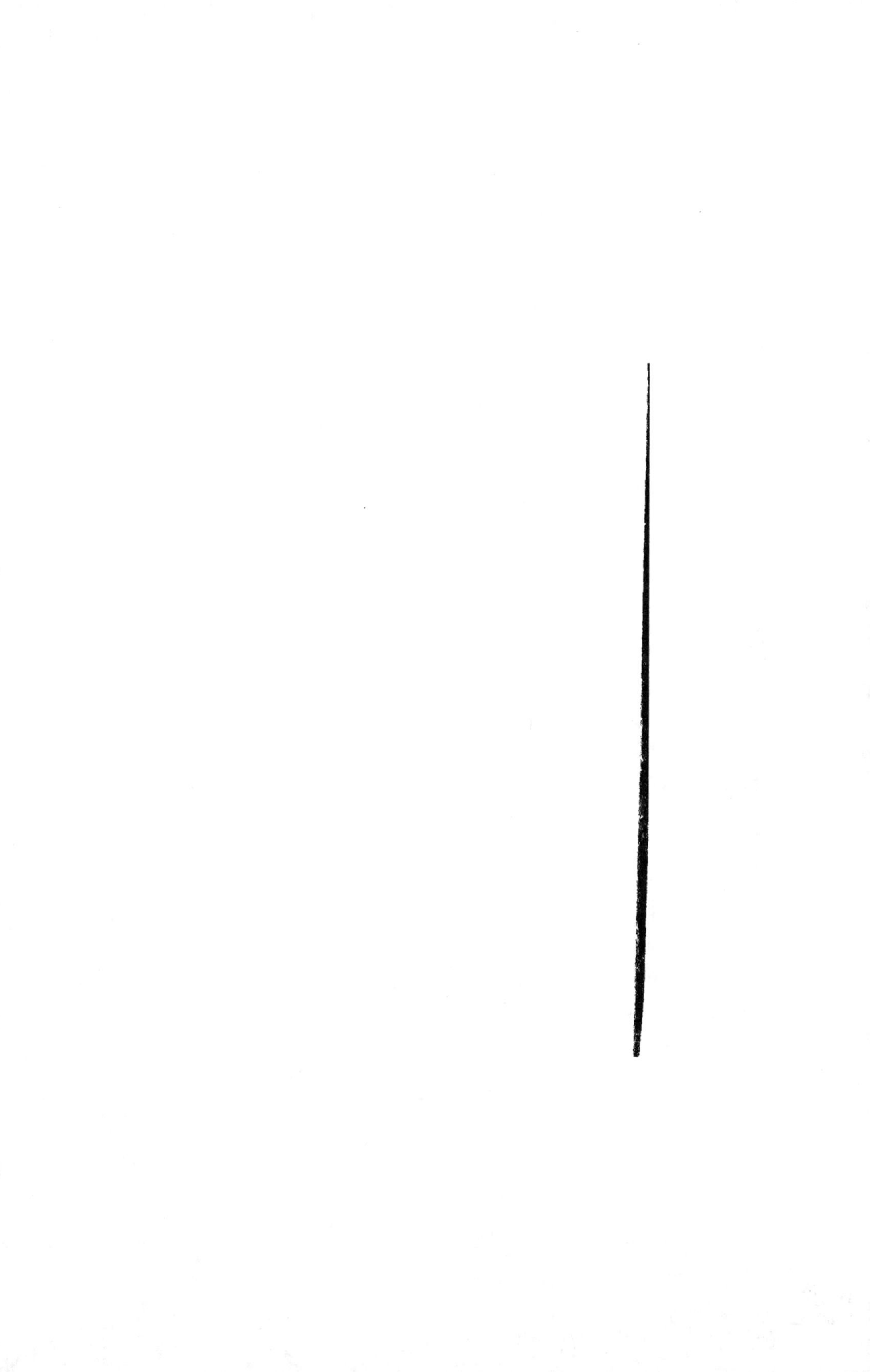

www.ingramcontent.com/pod-product-compliance
Lightning Source LLC
LaVergne TN
LVHW050404060726
842524LV00002B/469